落ちこぼれ魔法使いは
魔界の獅子に
撫でられたい

落《お》ちこぼれ魔《ま》法《ほう》使《つか》いは魔《ま》界《かい》の獅《し》子《し》に撫《な》でられたい

鏡《かがみ》コノエ

ILLUSTRATION：乃《の》一《いち》ミクロ

落ちこぼれ魔法使いは魔界の獅子に撫でられたい

LYNX ROMANCE

CONTENTS

落ちこぼれ魔法使いは
魔界の獅子に撫でられたい

長いこと走り続けた紋章付の馬車は、西の森の深くに建つ小屋が見えてくると速度を落としていった。

「ノア坊ちゃま、館が見えてきましたよ」

コツコツと小窓を叩《たた》いて、馭者《ぎょしゃ》のトールが声かけた。

呼ばれたノア・カーベリーは早速窓を開けて顔を出す。

「トール、館はどこだい？　見えないよ」

「じきです。それよりも坊ちゃまは降りるご準備を。車内に散らばった本を片付けてください。あとで一冊ないと言われても、この森は深いですし魔物も出て危険ですから、なかなか持ってくることはできないんですからね」

「はいはい、ごめんごめん。すぐに片付けるよ」

トールはカーベリー家に長く仕える、六十過ぎの使用人だ。赤ん坊の頃からノアに仕え、可愛《かわい》がってくれて、ある意味父よりも厳しくしてくれた。

ノアは早速、馬車に揺れながらも言われた通りに慌てて本を掻《か》き集め、トランクケースに押し込むが、巧《うま》く入らない。

「ん！　これは手《て》強《ごわ》いな」

元々ぎゅうぎゅうに押し込んでいたからか、改めて詰め込んでみるとちっとも蓋《ふた》が閉まってくれない。それどころかノアを押し返す勢いだ。

ノアが四苦八苦している間に馬車がゆっくりと停止して、トールが扉を開いた。

「片付けが終わらなかったんですか？」

「ははは……なんでだろうね」

初老の顔が呆《あき》れており、ノアはおもわず苦笑いした。

「うーん……出かけるときは、ちゃんと入ったんだけどなあ……」

ギリギリ入ったが、しかしそれも今にもはち切れそうではある。

「坊ちゃまは片付けが昔から下手《へた》ですからねえ……まあ、いいでしょう。私は後ろの荷物を下ろしますから、坊ちゃまはその閉まらないトランクを運んでください」

「わかった」

そう言われ、立ち上がろうとトランクケースから手を離した途端に、バカッと音を立てて勢いよく開いてしまい、中の本が雪崩《なだれ》を起こした。

「あー…折角《せっかく》片付けたってのに、またやり直しだ」

「やれやれ。これは心配ですなあ……。私はもうお世話できないんですからね。メイドもいませんし。

今夜から一人なんですよ」

「わかってるって。野宿するわけでなし。寧《むし》ろ今夜から一国一城の主人なんだ。僕の好きなようにできて嬉《うれ》しいくらいさ」

半開きのトランクケースを抱えながら馬車を降りたノアは、深い木々に覆われた館を見た。

屋根の頂に一本、煙突が生えている古びた館は、煉瓦《れんが》の壁がすっかり落ちきり、土と石の壁が露《あら》わになって、所々蔦《つた》が張り付いていた。

鱗《うろこ》屋根からもちらほら雑草が生えていて、まるで人工物が森へ還ろうとしている光景に見える。

「随分とおんぼろですなあ。幽霊屋敷か、はたまた化け物屋敷のような……」

荷台から荷物を抱えたトールが先に玄関扉を開けた。

「怖いこと言わないでおくれ。とはいえ心配だから、あとでちゃんと魔除《まよ》けをしておこう」

「それよりも虫除けか鼠避《ねずみよ》けが先ですぞ……」

鍵はトールが持っていた。ノアが持っていると到着する前に紛失してしまうからと、トールが預かっていたのだ。早速館内へと入っていくトールを追い掛けて、トランクケースから本が零《こぼ》れ落ちないよう気を遣いながら続いていく。

「確かにおんぼろだけど、ここは歴代の魔法使いたちの神聖な職場だ。そんな場所に立てたことが嬉しいよ。——でも、掃除と修理は必須かなあ……」

館へ入った途端、埃《ほこり》が鼻をむずつかせた。しかも微《かす》かに黴《かび》臭い。

これは掃除が大変そうだ。

「二階に雨漏りしているところがございますよ」

換気のためにバタンバタンと窓を開けているトールが、二階から大声で言った。

「幸い床は大丈夫そうですが、嵐が来たらこれは心配ですなあ」

「こんな古い館、雨漏りしていないはずがないさ」

ノアは二階から聞こえるぼやきに大声を返した。

「そうではございますけどねぇ……」

「トールは屋敷暮らしが長いから不安に見えるだけさ。住めば都って言うだろう。要は慣れってこと。僕は多少穴が開いていたって気にしないよ」

「それはよっぽど危険な所に住んだことがないからでございますよ」

不満そうな老いた使用人に苦笑しながら、玄関ホール隣の部屋に入り、木の机にトランクを置いた。

途端、ふわりと埃が舞い、窓から差し込む日差しに反射してキラキラ光る。

「うへっ」と声を上げて口を押さえたノアは窓を開けた。しかし立て付けが悪いのか、力を入れないと開いてくれない。

まるで窓に文句を言われているような気分になりつつ、精一杯力を込めてやっと開き切ると、埃臭い室内に爽やかな緑の風が入ってきた。

「ああ……うん」

室内の埃臭さ黴臭さはともかくとして、森の風は気持ちが良い。

「これはなかなかの深い森だな」

そよ風に野鳥の囀《さえず》りが奏でられるなか、遥《はる》か遠くに魔物の鳴き声がする。街ではついぞ聞くことのなかったけたたましい声だ。漸《ようや》く任務地へ来たのだと、ノアは強く実感した。

ノア・カーベリーは魔法使いである。

魔法使いの名門カーベリー家の嫡男として生まれ、幼い頃から父の指導により魔法を学び、魔法学校を卒業。そして今年二十歳になったノアは、他の魔法使いより随分遅くなってしまったが一人前として漸く認められたことで独り立ちして、国王より任務を賜った。

閉じきらないトランクケースから真鍮《しんちゅう》の筒を取り出し、中の書簡を出して広げてみる。


――ノア・カーベリー　西の森を守護せよ。


国王の署名入りの書簡は、直々に任務を承ったノアにとって勲章だ。

鳥の囀りと魔物の絶叫まじりのそよ風を受けつつ、おもわずにんまりすると、トールが二階から戻ってきた。

「また書簡を見てニヤニヤしているんですか？」

頭に付いた蜘蛛《くも》の巣を払いながら、またすぐに呆れた顔だ。

トールには「お父上を手本として、大人の落ち着きを持つように」と、常々言われているので、子供っぽいことをするとすぐに呆れられてしまうのだが、今回ばかりは仕方がない。

「ニヤニヤじゃないよ。にんまりだ。嬉しいときにはにんまりしてしまうだろう。今がその時さ」

「ニヤニヤもにんまりも、見る側からすればどちらも同じですよ。しかし思っていた以上に古い館ですなあ……。竈《かまど》は火起こししておきましょうか？　食器と一緒に暫《しばら》くの食材は持参しましたので、パンとスープくらいならお作りできますよ」

「平気だよ、トール。あとは自分でなんとかする。それよりも早く出発しないと、ここからじゃ日が暮れる前に街へ戻れないよ。ほら、遠くに魔物の声がするから、早く帰ったほうがいい」

　こうして話をしている間も、おぞましい声が絶えずどこかから聞こえてくるのだ。本来ならば荷物を放り出して、魔法使いの任務を遂行しなくてはならないことだろう。

「ですが、夕食と明日の朝食の食事くらいはせめて……」

「トール。僕はもう子供じゃないんだ。れっきとした魔法使いだよ。ここへ来る前に料理長から簡単な料理を教わったし、レシピももらっている。火だって起こしたことがあるし、掃除の仕方も洗濯の方法もメイドから聞いてきた。何も心配することなんてないさ」

「そうですけどもねえ……」

　と言う、トールの顔はまるで疑っている様子だ。

　ごほんと、ノアは咳払《せきばら》いして、真面目《まじめ》な顔つきになった。

「荷下ろしは終わった？　だったら、街まで無事に着けるように守護の魔法をかけ直しておくよ」

「お待ちください。せめてベッドの準備だけでも。あと、夜はきっと冷えますでしょうから、暖炉の火も点《つ》けておかないと」

「大丈夫だって。もう子供じゃないと、何度言わせるんだい」

「では坊ちゃまが守護の魔法とやらをかけている間に、私はやることだけやってきますので。暫く空き家だったということは、井戸水が飲めるのかどうかも怪しいでしょうに。森はすぐに日が暮れてしまいますからね」

トールは忙《せわ》しなく言い残し、部屋を出て行った。

「まったくもう……。独り立ちしたっていうのに、いつまで坊ちゃまなんだか」

しかし言ったところで聞かなそうだし、可愛がってくれることには感謝している。

だが森の夜は早い。老いた使用人を危険な森で一人街へ帰すのは心配だが、あと少しだけトールの気が済むのを待つため、ノアは守護の魔法をかけに馬車へ戻った。

太陽が中点を少し越えた頃、作業が一段落して満足した顔のトールは、ノアを案じながらも屋敷のある街へ帰っていった。

轍《わだち》を踏む車輪の音が心なしか寂しく聞こえる。

やがて木立の向こうに馬車が消えると、「よし！」と気持ちを切り替えるように気合いを入れて、館へ戻った。

中に入ると、野菜スープの香りがする。日暮れまで時間もないなか、トールがパン生地を捏《こ》ねた状態で置いていってくれた。あとはフライパンで焼けばいいらしい。

夕食があることに安心して、まずはリビングに置いた荷物を片付けることにした。

彼はこの短い時間で井戸水が使えるか確認してくれたり、ベッドを整えてくれたりと随分と尽くしてくれた。

ノアが呆れて止めなければ一晩中掃除していたかもしれない。それほどノアを想ってくれるのは有り難い。名残惜しげな老人の顔がもう既に懐かしく思えるが、大切な任務があるのだ。

少しばかりの感傷を撥《は》ね除けて、ノアは国王より承った書簡を開く。

「ノア・カーベリー、西の森を守護せよ」

短い一文を読み、またもやにんまりしてしまう。

「お任せください、国王陛下」

魔法使いノア・カーベリーがこの館へ訪れた目的は、王都マルマールの西側の森を守護するためだ。

森には多くの魔物が生息し、旅人や行商人を襲っては困らせている。どこからともなく現れる魔物はとにかく凶暴で、退治するべく数代前の王の勅命で軍隊が出動したこともあるが、結局一つの巣も、塒《ねぐら》も見付けられず、根絶やしにすることはできなかった。

それで白羽の矢が立ったのは魔法使いだ。

この国には魔法使いが多く暮らしている。王都マルマールは三名の賢者と呼ばれる魔法使いがこの土地に国を造ることを決め、国を治めるに相応しい人物を王と決めた。三賢者の一人がノアの遠い御先祖様にあたり、カーベリー家が名門と呼ばれる所以《ゆえん》だ。

魔法使いは政治から人々の暮らしにまで関わっている。その多くが占いや薬学医療などだが、ときには軍のように国防を担っている。武器は持たず魔法を行使するため、主に国全体の結界による防衛や、王族が外遊される際の護衛などを魔法使いが行う。

魔物退治を命ぜられた魔法使いは森全体に結界を張ることで、ある程度魔物の侵入を防ぐことに成功した。しかしそれでも完全とは言い切れず、魔法使いが森に常駐して魔物を退治することになった。

武器を持たない代わりに、魔法使いは悪魔を召喚するのである。手に負えない魔物が出た場合、使い魔として契約を結んだ悪魔の力で退治するのが魔法使いの最善の手段だった。

悪魔自体は昔から畏怖や悪性の存在で疎まれていた。昔は呪術や暗殺を目的とした召喚が密《ひそ》かに行われ、闇に属した魔法使いたちによって使役されることが主だった。しかし森に魔物が頻発するようになり、悪魔が魔物退治に有効的な存在だと知って以来、徐々に見方が変わってきている。

しかし悪魔自体は恐れの対象であることには変わりがなく、それを使役する魔法使いは国王の許可の元、召喚が許された。

一時は軍隊と魔法使いの共闘も試みられたが、悪魔を使う魔法使いに軍隊の武器は不要で、結果的に魔物退治は魔法使いに委ねられている。

　真鍮の筒には、二枚の書簡——白紙の報告書が入っていた。

　一ヶ月以内に森の状況を報告。同時に、魔物を退治するために契約した悪魔の仔細を提出しなければならなかった。

　森の状況を報告するためには、細部まで巡回する必要があり、一人で行動するには危険なため悪魔の召喚は必須条件だ。その猶予が一ヶ月であり、期間内に召喚ができなければ森を守る資格なしと、王室に判断され解雇されてしまう。

　仔細とはいうが悪魔は基本、契約者以外にはフルネームを教えることはない。知られれば操られてしまうからだ。悪魔の名を知った契約者も自分以外の他の誰かに操られては困るため、教えることはない。

　報告内容は外見の特徴と悪魔より聞いた階級で、悪魔の階級は七十二あり、その何位かを報告することになっている。

　悪魔は個々で容姿や能力が違う。とびきり美しい容姿の者がいればその逆もおり、知性のある者、そうでない者、火や水、風や煙などを操ることを得意とする者など様々だ。

　彼らが暮らす世界は「魔界」と呼ばれているが、そこでどのような暮らしをしているのかを知る魔法使いはいない。カーベリー家の書斎を探しても記述はなかった。

　一貫していることは、悪魔は人間を嘘《うそ》で誘惑し堕落させる存在であることだ。契約した悪魔は契約者を誑《たぶら》かすことができないので、階級を誤魔化されることがない。

　階級が上になればなるほど悪魔の力は強く、上位の悪魔と契約できた魔法使いはとても名誉なこととされた。同業者のみならず民からも尊敬されるほどだ。

　そして、ここからが重要だ。

　ノアは白紙の報告書を凝視しながら、鼻息を荒くした。

　カーベリーは代々魔法使いの家系で、その中には魔法の才能に長《た》けた者が何人かいた。そのうちの一人は祖父で、天才と呼ばれる御先祖様は必ず同じ悪魔を召喚しているのだ。

　当然ながらノアもその悪魔を狙っていた。

　幾人《いくにん》もの御先祖様と契約してきた悪魔なのだから、フルネームをこっそり残しておいてくれればと期待したが、屋敷の書斎をくまなく探しても見付けられなかった。そこはやはり実力で召喚しろということのようだ。

「新人魔法使いがいきなり森の守護者だなんて本当なら有り得ないことだものな。大抜擢《だいばってき》と喜びたいところだけど、カーベリーへの気遣いが見えて悔しいもんな。——まあ、その点は実力で挽回《ばんかい》してみせるぞ」

　気合いを入れると、ぐう、と腹の虫が鳴った。

　朝、屋敷を出て以来、何も食べていなかったのを思い出して、ノアは腹を撫《な》でた。

　窓の外はじわじわと夕暮れを纏《まと》いはじめている。ランプの準備をしなければ、すぐにも暗くなってしまうだろう。

「……今日は夕食を作ってもらっておいて助かったな」

落ち着いたら、両親とトールに手紙を書こう。

そんなことを思いながら、野菜スープの香りがするキッチンへと向かった。

＊

フライパンで焼くだけでよかったパンはなぜか炭になってしまったため、野菜スープで腹を満たすと、ノアはランプの明かりを頼りに荷ほどきをはじめた。

ベッドは整えられているし、書物や衣類、家財などは明日で十分だろう。なにより優先すべきは――と、魔術で厳重に封をしていた木箱を開けた。

中はいわゆる魔法使いの商売道具。

価値ある魔術書や貴重な鉱石や薬草、獣の皮といった魔術儀式に使う材料がぎっしりと詰まっている。その一つ一つをテーブルに広げていき、最後に羊皮紙に包んだ書物を出した。

ふっと息を吹きかけて包みの保護の魔法を解く。

包みの中はアンティークブック――一般に魔道書と呼ばれるものだ。

通常、魔術書は魔法使いの教科書のようなもので、魔法を使えるかどうかはさておき、一般人でも読めるレベルの教材だ。

一方魔道書は専門的なもので、一族が代々書きためてきた一家相伝の魔術のレシピ帳のようなものである。

ノアの持つ魔道書はカーベリー家の者だけが読める文字や記号で記されたもので、脈々と書き加えられてきた、この世に一冊しかない家宝と呼べる書物だ。独り立ちした祝いに――と、両親に懸命に頼んで手に入れた。

表紙は革が剝げて、木板が出てしまっている。それも炭化したように真っ黒で、何世代も昔に作られた貴重本であることは確かだと、父親も言っていた。

中は紙ではなく革で、ページは千切れてしまいそうなほど劣化しているため、捲《めく》るのに神経を使う。

ふう、と貴重に吐息を震わせながら、あらかじめ栞《しおり》を挟んでいたページを捲った。

そのページは、カーベリー家の天才たちが召喚してきた悪魔の詳細が記されている。

契約した悪魔は基本秘密主義で、彼らから口述された情報は断片的だが、魔法使いにとっては貴重な情報だ。

魔道書は王室へ報告するものと比べて相当精度の高いもので、フルネームではないがその名も記されている。

一族だけに伝わる魔術を用いなければ開くことはできず、無理に開こうとすれば燃え尽きてしまう貴重な書物を持ち出すことは容易ではない。

両親がノアに甘いのは幸いだったが、魔道書を入手したらしたで教えられた開封の魔術がなかなか発動せず、封印を解くまでに四苦八苦したのだ。

「でも、解くことができたんだ。僕にも召喚の儀式ができる権利があるってことだ」

紙面をなぞりながら、ノアはしみじみと言った。

オイルランプに照らされた紙面には、御先祖様の一人によって描かれた悪魔が一体記されている。

獅子《しし》の背に巨大な鷹《たか》の羽が生えた、雄々しい悪魔。

悪魔を囲むように、これまで召喚に成功した祖先が少しずつ情報を書き連ねていったそこには、「気位が高い」だの「扱いづらい」などと愚痴が少しあったりするが、殆《ほとん》どが「高貴であり、召喚は名誉なこと」とか「この悪魔に勝る魔物はなし」と赤いインクで二重線が引かれていたりと、賛辞に溢《あふ》れている。

一方で、――力なき者は、この悪魔を喚《よ》ぶことはできない。と太文字であり、ノアはごくりと唾を飲み込んだ。

「力なき者か……念を押してくれるなあ……」

ノアは一族の中で最も魔力が少なく、この本に書き込むことができた天才とは真逆の存在で、いわゆる落ちこぼれだ。

魔力が少ないということは、大がかりな魔法を使うこと自体が困難で、仕事が限られてくる。ノアは特に少ないほうで、ちょっとした封印を解くにもミスをすることが多々あった。

過保護な両親には子供の頃から「学者にでもなればいい」だの「占い師はどうだ？」と度々別の仕事を進められてきたが、血筋に誇りがあるノアは代々続く魔法使いとしての仕事を選んだ。――といっても、十六、七歳で頭角を現す魔法使いに比べ、ノアは二十歳と年齢的に遅い独り立ちだからか、なかなか仕事が得られず、今回の西の森の守護役は家のコネで獲得できたようなもの。

方々で不採用を喰《く》らい、ダメ元で王室に掛け合い得た仕事だが、ノアの姓がカーベリーでなかったらきっと門前払いだっただろう。この点に置いては賢者と呼ばれた始祖や、王室へ尽くしてきた御先祖様や一族に感謝だ。

とはいえ、出発前には。

「階級はどうあれ悪魔そのものを召喚できなければ、森の守護は諦めて帰ってきなさい」

と、父に念を押されるほどだ。

優しい両親にまで期待されていないどころか、ほぼ絶望視されているところが泣けてしまう。

ノアが魔法使いになること自体も乗り気でなかった人たちだ。半ばノアの勢いと覚悟に渋々修業をつけてくれたが、最後の最後まで別の職を勧めてきた。

仮に悪魔を召喚ができなくても、一ヶ月以内に報告書を提出しなければ、力不足と判断されてお役御免でこの仕事も強制終了だ。そうはなるものかと心の中で誓いながら、魔道書に沿って召喚の儀式の準備をはじめていく。

召喚陣式が整った頃には、夜も更けてきていた。

儀式用の蠟燭《ろうそく》に火を灯《とも》し、オイルランプを消すと、外で鳴いた梟《ふくろう》の声がいやに響いた。

窓の外に漆黒の夜が満ちたことで、心許《こころもと》なげに蠟燭の灯がゆらゆらと揺れているのが目立って見える。

ノアは机の上に置いた魔道書の前に立ち、呼び出すための長い長い呪文を唱えはじめた。

一度でも間違えば呪文の効力がなくなり、もう一度はじめから。言い慣れない古代呪文に苦戦しながら、幾度か緊張の汗がこめかみを伝った頃、最後の文言を読み終えた。

「――我、魔法使いノア・カーベリーは喚ぶ。――悪魔クラン＝カーティ！」

腹の底から声を上げたその直後、魔道書に置いた右手の平が燃えるように熱くなり、反射的に手を引いたつもりが、紙面に吸い付いたように手が離れない。

「え!?　なっ、なんだ、これ……！」

遅れて全身がざわざわとしてきた。

魔道書に置いた手ががくがくと震えだし、震動でテーブルの上のオイルランプや雑貨までもが激しく揺さぶられている。

ごごごご…と、どこからか地鳴りのような音が聞こえてきた。

足元から、天井から、館の外から、とにかく低い震動音がノアを包み込み、押し潰さんばかりの迫力だ。

「こ、これ、成功したの⁉　失敗？　どっち⁉」

そう本に訊《き》いたところで答えが返ってくるはずもなく、――ぐん！　と、引っ張られるように右手が肘《ひじ》まで魔道書に飲み込まれた。

「え！　え！　えええ……！」

答えが判明しないまま、いきなり腕が本に入ったことに驚きノアは目を丸くした。当然ながら引き戻そうとした抵抗も虚《むな》しく、一気に目の前にテーブルが迫ってくる。

（ぶつかる――――！）

凄《すさ》まじい勢いにおののいて、ノアがぎゅっと目蓋を閉じた途端に、どぼん！　と、くぐもった音がして、全身が水か何かに包まれたような感覚に満たされた。

何が起きているのだろうか。目を開けるのが怖いけれど、確かめなければ状況がわからない。

感覚としては、ぬるま湯に頭の天辺まで浸《つ》かって呼吸できているような感じだ。音は何も聞こえないため、落ちているのか浮かんでいるのか、まったくわからない。

ノアは覚悟を決めてゆっくりと目蓋を開いていったが、さきほどまでと同じ一条の光もない闇だ。

次第に目蓋を開いているのか、閉じているのかもわからなくなり不安になる。

やがて、全身が闇の中に溶けていっているような感覚に陥り、ノアの意識は霞《かす》んでいった。


気が付くと、天井に吊《つる》された真鍮のシャンデリアの蠟燭がゆらゆらと火を揺らしていた。

シンプルなシャンデリアだが、そんなもの館にあっただろうか？　記憶にない。

それにしても随分と白い火だな……と、不思議な気分でぼんやり眺めていると、ずるる……と躰《からだ》がやわらかい床の上を滑る感覚がした。

しかし、おそらく敷かれた絨毯《じゅうたん》の短い糸に引っかかっているのか、滑りが悪い。

腕ばかりが酷《ひど》く強い力に引っ張られていて、仕舞いには千切れてしまいそうだ。

（……というか、なぜ引っ張られているのだろう）

ぼんやりとしていた意識も急速にクリアになっていき、ついには痛みを覚えたため、顔を顰《しか》めながら引っ張られるほうを見ると、大きな二つの金の目とかち合った。

「……」

目。と、認識していながらも、そのあまりの大きさに一瞬理解できなかった。

黄金の双眸《そうぼう》に黒い瞳孔。大きく立派な口吻《こうふん》と、肉厚な顎《あご》。

顔全体を黄金の獣毛が覆い、更にその縁をたわわな鬣《たてがみ》がなぞっている。

悪魔とは到底思えぬほど、神々しくも圧倒的な存在感がノアを覗《のぞ》き込むように見下ろしており、じっとこちらの反応を窺《うかが》っていた。

「あ……、……やった……っ」

獅子だ。

黄金の獅子だ。

ノアは咄嗟《とっさ》に思い、感動にじわりと涙を滲《にじ》ませた。

間違いない。カーベリー家歴代の実力ある魔法使いが使役したという悪魔、クラン＝カーティ。

魔道書の通り堂々とした姿を目にして、召喚の儀式が成功したのを確信する。

途端、獅子は眉間《みけん》に深い皺《しわ》を浮かび上がらせ白い歯を剝《む》き、喉の奥で低い唸《うな》り声を洩《も》らしはじめた。突然のことに腹を立てているのだろうか。

気付けば鬣の奥に猛禽類《もうきんるい》の猛々《たけだけ》しい羽が見え、重たそうに上下してばさり、と大きな羽音を立てた。

ノアはひとしきり感嘆して、ゆっくりと吐息を零す。

カーベリー家はじまって以来の落ちこぼれが、偉大なる悪魔クラン＝カーティを喚び寄せたという事実は、ノアの躰の芯が震えるほど興奮させた。

背筋を正し、胸を張り、ノアが口を開けようとしたその瞬間。

〈小僧、原因はお前か〉

「は、うわ……っ……」

おもわずノアは喘《あえ》いだ。

クラン＝カーティが話しかけてきた。

脳髄を重たく震わせるその声は、ブランデーのように甘く香《かぐわ》しい響きなのに、一言で強き者だとノアに知らしめてくる。

その気迫は気を引き締めていなければ、たちどころに萎縮し脅《おび》えてしまっていただろう。

おもわず息を呑《の》み、今度は短く息を吐き出す。

心の奥底で、恐怖と緊張で鼓動が早くなるのを感じる。けれどここで脅えていては、主人として失格だ。

――そう、ノアはこの誉れある悪魔を呼び出した、ご主人様なのだから。

一度は萎《しぼ》みかかった気持ちを奮い立たせ、目の前で凝視する金の瞳を見返した。

「ああ、クラン＝カーティ、僕があなたを喚んだんだ」

どうだ！　と、ばかりに胸を張り、ノアは気丈に見せる。

かつての優れた魔法使いしか使役できなかった悪魔を喚んだのはこの僕だと、知らしめるように力強く答えると、金色の獅子はまた低い声で唸り、ゆっくりと翼を羽ばたかせて大きな頭を傾《かし》げた。

〈それは違うな〉

獅子の悪魔は呆れた様子を隠すことなく言った。

〈周りをよく見てみろ。お前が喚んだのではない〉

その言葉の意味を理解できず、ノアは首を傾げた。

〈その目は節穴かね？　ここは私の屋敷だ〉

「え？　――え！」

クラン＝カーティに言われてノアが辺りを見回すと、確かに知らない部屋だと漸く気が付いた。

先程までいたはずの森にある館は壁紙全体が黄ばんで、所々染みができていた。リビングの家具はテーブルに空の本棚だけでうっすらと埃を被《かぶ》り、床も板張りで素っ気ないものだったが、この部屋は毛足の長い絨毯が敷かれ、家具のすべてに手が込んでいる。

とても歴史を感じさせる重厚な部屋だ。壁面を覆い尽くす本棚には書物がぎっしりと詰め込まれている。見たことのない書物ばかりだが、どれも歴史と価値のありそうなもののようだ。

ゆったりと足を伸ばして寛《くつろ》げるカウチソファは人が使うにはかなり大きめで、もしかして彼のためのサイズなのだろうかとノアは思った。

窓辺にでんと構えるデスクも立派で、木製にもかかわらず黒曜石のような光沢がある。

深い緑に金のオリエンタルな図案を施した壁紙は染み一つなく、頭上には先程見たシンプルなシャンデリアが吊され、足元には緻密な絵柄の絨毯。そして目の前には鷹の羽を持った、黄金の獅子がいる。

状況はわかったが、その意味がわからずにノアはぽかんと口を開けることしかできない。

そんなノアの間抜けな反応をどう思ったのか、獅子がこれ見よがしに大きな溜《た》め息を落とした。

〈理解できたかね？　喚ばれたのは私ではなく、お前なのだと〉

「あなたの……——え！　ってことは、ここはどこですかっ!?　まさかあの世だなんて言わないですよね……？」

儀式に失敗するのみならず、予期せぬ事故が起きて死んでしまったとか。

予測できていなかった事態にノアはパニックを起こしたが、目の前の獅子は至極冷静だ。

〈魔界だ。——呆れたな。お前はそれもわからずに来たというのか〉

「えっ、魔界……？」

地獄でもなく天国でもなく、魔界。

〈悪魔の住む世界だ。まさかそんなことも知らず、お前は儀式を行ったのかね〉

信じられないとばかりに獅子が左右にかぶりを振った。

「う…魔道書は古代文字が多くて、解読するのに時間がかかってしまうから。とにかくまずは召喚呪文だと、それだけを必死に見ていたんだ……魔界があることは知識にあるけど、まさか……自分が魔界に来てしまうだなんて……」

〈素直だが、浅慮ではある〉

人の反応と変わらないな。と、ノアは感心した。

金の獣毛に覆われた眉間に皺ができる様子は、明らかに呆れた表情だ。僅かに細められた双眸を縁取る睫毛《まつげ》が僅かに落ちて、不機嫌そうな雰囲気のなか喉が低くなっている。

良い印象を持たれていないのは明白だが、目の前にいるのが憧れの悪魔クラン＝カーティで、かつ堂々とした獅子の姿に魅了されて、この事態に呆然としながらも一方で感動している。

彼を目にした祖先たちはノアのように感激したのだろうか。魔道書に記された幾つもの賛辞を見るかぎり、きっと同じ反応をしたに違いない。

〈――私の話を聞いているのかね？〉

「え……？」

苛立《いらだ》ちを込めた声に、ノアははっと我に返った。

「あ……すみませんっ。感動と興奮で、つい……物思いに耽《ふけ》ってしまい……」

〈……やれやれ、まともに会話もできないのかね……お前は〉

獅子が頭を上げて胸を大きく反らすと、淡い光に包まれ、たちまち輪郭が朧気《おぼろげ》になった。

白く輝くシルエットがにゅっと縦に延びたと思うと、淡い光はたちどころに消えて人の姿へと変化した。

「すごい……！」

そこにいたのは、金色の長い髪をした二十代後半くらいの男性だろうか。

リネンのシャツに濃い色のシックな柄ネクタイ、ベストとスラックスを身につけている。シャツの腕にはアームバンドを着けた、紳士然とした姿だ。

その胸には赤子の拳ほどの大きさもある、緑色の宝石が嵌《は》め込まれたペンダントが輝いていた。その美しさに一瞬目を奪われると。

「――そうか、お前にも見えているのだな」

「え…？」

首を傾げたノアに、「いや」と返した彼の姿も印象的だ。

「あのっ、人に変化《へんげ》できるのですか⁉」

そんな事実、魔道書に記載されていなかったはずだ。

それも若いながらも貫禄《かんろく》のある、背の高い美丈夫だ。人間界にいたら、国中の話題になるのではないかと思わせる整った容貌で、知的な色気が凄まじい。

「す、凄《すご》い！　どちらが本体なんですかっ」

「どちらも私だ。……まったく、お前がいつまでも私に見蕩《みと》れているせいで、一向に話が進まないではないか。獅子の姿のせいかと思い姿を変えたが、お前の反応は変わらずなのか」

そう言う背の高い男の声は、低くて甘い響きを含んでいた。

「だって、それは変化ができると知らなかったからです。それになんという……」

人の姿になったクラン＝カーティは、力強い金の双眸に凛々《りり》しい太めの眉が添えられ、美しい鼻梁《びりょう》と結ばれた唇が、艶やかな肌と合わせて不思議な魅了を醸し出していた。

ノアはふと、両親に無理矢理連れて行かれた貴族ばかりのパーティを思い出した。

高貴な者が自然に纏っている誇りと揺るぐことのない確固としたオーラを、この青年も持っている。

ノアとて一応名家の生まれだが、一族きっての落ちこぼれというプロフィールが妨げになっているらしく、二十を過ぎて未だ威厳の欠片《かけら》もない。そのせいか、目の前に現れた青年の存在がとても大きく感じられて、言葉を失っていた。

「聞こえているのかね？」

「……え？　あっ、はい！」

苛立つ声に、いつの間にか見蕩れていたノアは声を裏返した。

「混乱する状況だからこそ、冷静に対応することを求められるのではないかね？」

「……うっ」

「少なくとも、私の知る魔法使いは皆そうだった」

確かにその通りでもあった。魔法使いは冷静に魔術を行使しなければならないのは常識だ。

「うう……そう言われると、言い訳もできないというか……」

「そもそも、一体いつまで床に座っているのかね？　――まったく、久方振りの読書を愉《たの》しんでいたというのに……」

溜め息交じりに青年が右の指を弾くと、部屋の隅にあった肘掛け椅子がノアの背後まで飛んできて、腰を下ろさせた。

触れてもいないデスク上の銀製のベルが鳴ると、すぐに背後の扉からノックがして、髪を一つのお団子に纏めたメイドがティーポットとカップを持ってきた。それに気を取られていると、いつの間にか大きな円卓が置かれ、青年もどこからか現れた肘掛け椅子に凭《もた》れている。

「凄い！　これ、全部あなたが用意したんですか？」

　魔法使いでもできなくはないが長い呪文を必要とするし魔力も使う。わざわざ呪文を唱えるくらいなら、自分で動いたほうがすぐにできるので誰も実行しようとしないが、しかしクラン＝カーティは呪文を唱えた様子がなかった。

　ノアが興奮しながら尋ねている間に、円卓には紅茶の注がれたカップとソーサーが置かれ、焼き菓子のプレートが香ばしさを伝えてきた。途端に、くう…と腹が気恥ずかしげに音を立てて、ノアは頬《ほお》を赤くした。

　すると、青年は無言のまま手を差し出し、それらを薦める。

「……すみません。有り難く頂きます」

　野菜スープでは足りなかったようだ。まったく、こんなときになんて間抜けなんだろうと、自分自身に呆れてしまう。

　クッキーらしき焼き菓子と紅茶を一杯頂くと、ノアの中にあった緊張や混乱が静かに癒えていった。漸く落ち着きを取り戻すと、それを察したように金の双眸がノアを真っ直ぐに見た。

「落ち着いたようだな。——では尋ねる。ノア・カーベリー」

「……っ。僕の名前を知っているのですか!?　ど、どうしてっ」

幼い頃から憧れてきた悪魔に呼ばれ、嬉しさと興奮のあまりノアは腰を浮かせた。

「儀式の際、自身で名乗っただろう。私を喚んでいるのに、まさか聞こえていないとでも思ったのかね？」

「あ…そ、そうか、そうですよね」

冷静に考えればすぐにわかりそうなことだが、憧れの悪魔を前にしてかなり取り乱しているようだ。ノアは気恥ずかしさに赤らんだ頬をそっと撫でる。早速間抜けな姿を晒《さら》して恥ずかしいが、嬉しさはそれ以上だ。

「喚んだからには聞こえているだろうけど……でも、すごい……。名前を呼ばれるなんて感動だな…っ」

本当にクラン＝カーティを喚んでしまったのだ。改めて思うと、尚《なお》も興奮に震えがくる。

魔道書には「力なき者は、この悪魔を喚ぶことはできない」と記されてあったが、一族きっての落ちこぼれの自分ができてしまったのだ。これは奇跡か、それとも努力の結果だろうか。なんにせよノアにとってはすごい出来事だ。

「――それで、お前は一体なにをした」

状況が摑《つか》めないのは彼も同じはずなのに、ノアが落ち着くのを待っていたなんて、やはりできた悪魔だ。密かに感心した。

「なに……って、僕はあなたを召喚したんです」

「していない」

断言されて、ノアは焦った。

「しています！　だって手応えがありました！」

いきなり本に吸い込まれるだなんて初めての経験だが、対象者が応じなければ魔道書はうんともすんとも言わないのだ。手応えがあったということは術が成功したということだろう。それを否定する理由はなんなのか。

「確かに喚ばれた気配はした。それは認めよう。だが私は読書を邪魔されたことを不満に思い、拒否したのだ。それでも術式は一応利いていたようで、私をそちらの世界まで連れて行こうとした」

「ええ……、そ、それで？」

「再度拒否した」

「拒否…っ」

何もそこまで頑《かたく》なにならなくても……と、ノアは少しばかりショックを受けた。

召喚の儀式で対象者が応じないことはままあることだ。大抵の理由は力不足や、呪文のミスなどだが実際のところは対象者に訊いてみなければわからないし、訊く機会もない。こうして直接理由を言われるのはかなりショックだ。

しかも拒否されたのみならず、魔界へ飛ばされるなんて。

「でも、術が完成していなければ、こうして僕らが会うことはなかったと思います」

むくれつつ、悔しまぎれに言うと、「そうなのだ」と青年は端正な容貌を険しくした。

「確実に術を撥ね除けたはずなのだが、なぜかお前がいる。その理由が私にはまったくわからない」

「ですから、僕の行った召喚術が成功したということなんです。それ以外に考えられないじゃないですか」

「成功していたならば、私がそちらの世界へ行っているはずだ。それなのに、お前がここにいる。魔界にいるのだ。その時点でおかしいだろう」

「それは……おかしい……ですね」

確かにおかしいのだ。

こんなこと、文献にも魔道書でも見たことがない。

「これって……つまりは、逆流……？　逆召喚と言うのかな。逆の召喚ってことですよね」

ううん。——と、ノアは呻《うめ》き困惑した。

逆召喚なんて、今まで聞いたことがない。ということは、歴代の天才御先祖様たちが為し得なかったことではないのか？　と気付いてしまい、異常事態にもかかわらず小さく興奮してしまった。

「誇ったような顔をしているが、術を失敗した時点で魔法使いとして無力だぞ。ノア・カーベリー」

「う……」

痛い所を突く悪魔だ。

「結果はどうあれ、僕は紛れもなく喚んだんです」

「お前は喚んだが、私は応じてはいない」

「でも！」

「寧ろ、お前がここへ来たのだ」

「た、……確かに」

魔界なんて、聞くだけでも恐ろしい所になぜ来てしまったのか。

「困った。……問題はそこだ……」

ノアは前で腕を組み考え込んだ。

「どうして僕が魔界へ引っ張られてしまったのか、皆目わかりません。召喚呪文を言い間違えたはずはないし、儀式は完璧だった。それなのに……！」

こんなイレギュラーなことははじめてで、その原因らしいものを考えても何も浮かんでこないし思いつかない。――けれど、ふと思った。

「これって……僕が召喚されたってことになるんですか？」

「さきほど自分の口で『逆召喚』と言ったのではなかったかね？」

「――！」

確かにそうだ。

悪魔クラン＝カーティは至極冷静だが、実のところその通りではないか。

あっと、目を見開くノアに、「やれやれ…」とクラン＝カーティは口元に呆れを滲ませて、ティーカップに口を付けた。

「そういうわけだ。お前が私を喚んだか喚んでいないかといえば、喚んではいない。実際はその逆で、私の元へお前が来た。つまり、私が主人ということになるのではないかね？」

ニッと目を細めて白い歯を見せたその容貌には好奇心と高揚が見えて、さすが悪魔だ……と、ノアは反論の声を失った。

しかし困ったことに、クラン＝カーティの言う通りだ。

「僕が喚ばれた……？　召喚者として呪文を唱えた僕が……なんで？」

「さてね」

テーブルに突っ伏しながら呆然とするノアに、悪魔は肩を竦《すく》めた。

目の前で悠然と紅茶を飲む男は、悪魔と言われなければ、人間と見た目は変わらない。

一族に伝わる魔道書には、そんなこと一切記されていなかったから、この姿を目にしたのはもしかしてノアがはじめてなのだろうか。いろんなことを訊いてみたい気持ちもあるが、逆召喚という不測の事態がショックだった。

「君は私を使い魔にするために召喚の儀式をしたのだろう。しかし私の元へ来たということは、立場が逆になったとも考えられる。だから私が主人で、君が使い魔ということだ」

「使い魔……？　この僕が。魔法使いである僕が……？」

落ちこぼれとはいえ、名門カーベリー家の嫡子であるノアが、使い魔だなんて。

「契約はしていないから、使い魔ではないですよっ」

「では仮だな。仮の使い魔。どちらにせよ、今の現状は私がお前を招いたと考えられるのだから、私が主人という立場だろう」

「こ、これは大問題だ……！」

こんな事実を一族に知られたら、一生笑い者だろう。下手をすれば文献に記されて、後の代まで嗤《わら》われる。

「帰ります！」

絶対にそうはさせまいと強く誓って宣言したが、円卓の向こうで優雅に紅茶を飲む悪魔は、涼しい顔で答えた。

「どうやって帰るというのかね？」

「ど、……どうって」

尋ねられて妙な沈黙ができた。

「どうやってかね？」

にたび尋ねられ、「だから……」と、あやふやな返事をする。

「あなたは人間界へ行くことができるでしょう？　ということは、僕を帰せるのではないですか？　例えば、さっきの魔法か魔術のようなもので、とか！」

「勘違いするな。私は常に喚ばれて求められたから応じて行くだけだ。仮に私を喚ぶ者があって人間界へ行くとするならば連れて行くこともできるかもしれんが、果たしてこの私を喚ぶ者がいるだろうか」

　できるならばしてみろ――といわんばかりの挑発気味な目つきに、ぐぐ…と、幾度目かの呻きを零したノアだが、最後にがっくりと肩を落とした。

「天才と呼ばれたおじいさまも昨年亡くなられたし、お父様もお母様も安穏とした方だから、僕のようにあなたを召喚しようなどという欲はないでしょう……。そもそも魔道書は深い森の中にあるし……」

　一族の落ちこぼれが分不相応と知りながら、強力な悪魔を召喚しようとするからこうなるのだろうか。ノアを嗤う一族に一泡吹かせるつもりで、返り討ちにされた気分だ。

「ふむ、その点は理解しているようだな」

「つまり、帰るのは絶望的ってこと……」

　漸く一人前の魔法使いとして、これから職務に専念するというところで、いきなりの絶望が目の前に現れてしまった。それも誉れ高い悪魔でさえ対応できない絶望が。

　すう、と背筋に冷たいものが走り、音もなく血の気が引いていったような、そんな気がしてノアは無言になった。

　静かに天井を仰ぎ、圧倒的な危機的状態に無の心になってしまっている。

　魔法使いは常に冷静であれ――と、祖父から学んできたが、こんなときくらいは大騒ぎしてもいいのではないかと思う。けれど不思議と心は恐ろしいくらいに静かで、ノアはただただゆっくりと息を吐き出すことしかできないのだった。

「絶望しているな。なかなかいい表情だ」

　というクラン＝カーティの声が嬉しそうだ。

「……こんな最悪な事態のときに、少なからず悪魔を喜ばせることができて光栄ですよ」

「そう悲観するな。なにも手立てがないとは言っていない。カーベリーの者ではない誰かが、奇跡的に私を召喚するかもしれない」

「一体誰がするというんですか。……駄目だ。絶望しかない」

「ノア・カーベリー」

　金の長い髪を揺らしながら、知性を纏う悪魔はかぶりを振った。

「私と契約してきた過去の魔法使いたちは、どんな絶望に直面しても前向きだったぞ。寧ろ好戦的な者もいた。少なからず見るからに絶望して、その現状を甘受する者はいなかった」

「……それは……」

　きっと彼らには有り余る才能と自信があったからだ。

　一方ノアはどうにか一人前として認められたが、両親に喜ばれるどころか常に転職を勧められているような落ちこぼれ。大いなる絶望を前に、一人では打破する手立てなど何一つ浮かんでこない未熟者だ。

悔しい気持ちはあれど、自分の現状を自分が一番良く理解しているノアは、言い返せないまま俯《うつむ》いた。

すると、咳払いが一つ聞こえた。

「ノア・カーベリー、少なくとも私を喚ぼうとしたという度胸は認めよう」

「え…？」

急に一体どうしたというのか。ノアは小さく驚いて面を上げると、少し諦めた様子で悪魔は金の目を細めた。

「しかしお前を帰す手立てが考えつかないことも事実だ。それに原因がわからない以上、安易に帰すのも危険だと判断する」

「はあ……それで、僕は一体、どうしたら……」

「幸い、私の元へ来た以上は使い魔である事実に変わりはあるまい。お前が喚ばれた原因がわかるまで、魔界に滞在するといい」

「——え？　魔界に、滞在って……滞在、ですか？」

「そうだ。滞在だ。カーベリー家指折りの実力を持った魔法使いでさえ、為し得なかった魔界への滞在だ」

「た……————」

滞在。

そして、カーベリー家歴代の天才魔法使いでさえ為し得なかった。——という、この強烈な文言に、ノアのライトブラウンの瞳がぱっと輝いた。

一気に絶望が消し飛び、興奮で徐々に頬が高揚していくのがわかる。

自分でも呆れるほどに現金な反応だが、魅惑的な言葉を言い放った美形の悪魔は、そんなノアを見て、呆れるどころか口元に笑みを描いてみせた。

「実にわかりやすい反応だな。ノア・カーベリー」

「だって……——まあ、興味があると言ったら嘘ではないですから。でも、帰れないかもしれないという現実はまだ怖いです」

「それは当然の反応だが、帰れる以前に、人間が魔界に滞在している時点で捕食される可能性があるという、命の危険は感じるべきだろう」

「……捕食って……。もしかして僕は、非常に危険な状況ってことなのですか？」

そもそも、彼が悪魔クラン＝カーティだと知っていたから獅子の姿でも脅えることはなかったが、ノアの顔の大きさくらいもある、前脚についた鋭い爪や、猛禽類の羽はまさに、猛々しい獣の象徴だ。

自分が魔法使いで、召喚の儀式をしていなかったら、普通に悲鳴を上げて逃げているレベルの生物なのだ。悪魔の主食など知らないが、その姿なら人間を捕食したって不思議ではない。

我ながらなんて安穏としていたのだろうかと、ノアは今更青ざめた。

「人間など見たことがない者が殆どだが、お前のようなひ弱な人間であれば、必然的に捕食欲は刺激されるだろう。だが契約した者は別の者の魔力を纏い、人間と悪魔、両方の性質を持つ」

「……ということは、使い魔であれば安全ってことですか……？」

「当然だ」

青ざめて尋ねたノアに、悪魔クラン＝カーティは誇らしげに断言した。

「さらにここは私の領地。私は領主だ。領主の使い魔を狩る愚か者など、この地はいない」

「領主っ…!?」

高位の悪魔という知識はあったが、領主でもあるという。さすが誉れある悪魔だ。

主人はノアになるはずなのに、その堂々とした姿を見て不覚にも惹《ひ》きつけられてしまった。

おもわず格好いいと思ってしまい、同時に自分の不甲斐なさが心臓を射《い》貫《ぬ》く。

「そういうわけだ。私の使い魔として認めるがいい、ノア・カーベリー」

「ぐぐぐ……僕があなたを使役するはずだったのに……」

「たまには、こういうイレギュラーもいいものだな」

悪魔は愉しげだ。知性があるとはいえ、享楽を好む魔物だから当然か。

一方ノアは、不名誉な感情に胸を掻き毟《むし》られている反面、契約を求められて容易に受け入れそうになっている誘惑に気付いた。

召喚術によって喚ばれたノアは今、クラン＝カーティの仮の使い魔のようだ。立場を受け入れたと同時に本契約になるようだが、同意の誘惑が凄まじいのは彼が悪魔だから、それとも仮とはいえ主人だからか。

これは使い魔になってみなければわからなかった感覚だ。それにしても、彼に求められるとなんとなく嬉しくて、つい甘えてしまいそうな気持ちになるのはなんと危険なことだろうか。

「――それで、どうするのかね？　この私、クラン＝カーティの使い魔として認めるのかね？」

黄金の双眸が期待と歓喜に爛々《らんらん》としてノアを捕らえていた。

もとより拒絶など認めないとばかりのオーラに加え、高貴な姿を見ているだけで、くらくらとしてくる。

ああ、だから悪魔は召喚すると主従契約を結ぶのか。きっと主人に好かれたくて堪《たま》らなくなるらしい。

「さあ、答えるがいい。ノア・カーベリー」

その甘い誘惑を帯びた声音に、全身が抗《あらが》えないと理解した。

「僕は……僕、ノア・カーベリーは……」

駄目だ。言ったら。主人ではなく使い魔だなんて、屈辱だ。一族の恥だ。言ったら取り返しのつかないことになる。ノアは懸命に自分に言い聞かせた。

――頭の中では、そうわかっているのだが……。

「僕は……悪魔、クラン＝カーティの使い魔に、なります」

答えた途端に胸の内から沸き起こった歓喜に、ノアの全身が震えだした。

「あ…、……ぁ……」

これが魔法使いと悪魔の主従契約なのか。かなりのイレギュラーだが、この快感を覚えたら主人に抗えない。承諾して良かったと、全身が喜んでしまっている。

人間よりも強大な力を持つ悪魔を従えるための根源的な方法を漸く理解したが、できればそれは正当な方法でわかりたかった。

こんな歪《いびつ》な状況だと理解しつつも、主人という抗えない存在感に絡め取られてしまったノアには、最早為《な》す術《すべ》もない。ましてや人間は誘惑に弱く、二十歳そこそこの若輩者が悪魔に敵《かな》うはずもない。

「うー…！」

宣言したあとで急に悔しさが込み上げてきて、ノアはテーブルに突っ伏した。

その姿を悪魔クラン＝カーティは愉しげにからからと笑い、優雅に足を組み直す。

「いい子だ、ノア。よい返事をした」

「〜〜〜っ」

悔しいかな、褒められると途方もなく嬉しいから困る。

この感情は、主従契約においての一つの効果なのだろうが、それにしても多幸感が半端ない。

これが契約による効果なのか。と、痛切に思い、無事帰還できた際には魔道書にしっかり書き込んでおこうと心に決めた。

「精々、魔界の滞在を愉しむといい」

くじけないぞ。と、ノアは奥歯を噛《か》みしめて、人間界へ必ず戻る――と強い誓いを立てた。

とはいえ、褒められた途端の全細胞が震えるような歓喜は悩ましい。

咄嗟に、もっと褒めてほしいと思ってしまったほどに、悪魔クラン＝カーティの言葉は、ノアにとってひどく魅力的だった。

＊

「やれやれ、読書の時間が終わってしまったようだ」

スラックスのポケットにあった懐中時計で時刻を確認すると、クラン＝カーティは席を立った。

すると、やにわにノアを頭の天辺から足の先まで睨《にら》め見だす。

「な、なんですか？」

品定めする視線におもわずビクついて、ノアは身を引く。

これでも一応、身綺麗《ぎれい》にはしているほうだ。

魔法使いの中には魔術勉学に夢中になるあまり、自分の身なりに無頓着な連中も多くいるが、ノアには由緒ある家の者として、常に最低限の身だしなみには気を遣っている。

さらに今はオーソドックスなリネンのシャツにベスト。ジャケットは肘に革を貼り補強して、森での暮らしにも対応できるスタイルを意識していた。

革の編み上げ靴も履き慣れたものだが、仕立ての良い靴屋に誂《あつら》えさせたものだ。

しかしよく確認してみれば、儀式の前は綺麗に撫で上げていたはずの髪が、いつの間にかぼさぼさになっているではないか。

視線に圧倒され、慌てて手櫛《てぐし》で髪を整えて、シャツの襟も直す。後ろに撫でつけたのに、するすると前髪が落ちてきたので、仕方なく横に流した。

美形の悪魔と違ってノアの容姿は、ブラウンのやわらかな髪に同じ色の瞳。

健康的な肌色と、平々凡々な顔立ちだ。これで威厳の一つくらい備わっていてほしいものだが、温厚すぎる容姿だからか、パーティに呼ばれてもホールボーイに間違われることも少なくない。

しかし容貌はともかく、恰好《かっこう》は悪魔の主人――ではなく、使い魔として恥じないものであるはずだ。

金色の視線を前に、ぎこちなく胸を張ってみせると、悪魔は「ふむ」と声を零した。

「まがいなりにも良家の出。身なりには気を遣っているようだな。結構」

「う、うん。それは当然の嗜《たしな》みだからね」

褒められて、ホッとした。

この程度のことを褒められても、喜びが胸に溢れてくるのは如何《いかが》なものかと思う。

緩みそうになった口元を慌てて引き締めた。

「嗜みか。お前の祖父は肌着姿で度々私を喚びだしたがな」

「っ、おじいさまが？」

あの、常に毅然《きぜん》としていた祖父が、そんなことをしたというのか。

目を丸くして驚くノアに、ふん、と悪魔は嗤った。

「紳士のなかの紳士と言われた、おじいさまが……肌着姿だなんて……」

「魔力の差はさておいて、リチャードの孫は正しく育ったようだな」

同じ屋敷で暮らしていても、祖父のそんな姿など一度として見たことがなかった。常にスーツ姿で、威厳に満ちていた人の印象しか抱いていなかったが、この悪魔はノアの知らないことをたくさん知っているのかもしれない。

「さて、労働の時間だ。ノア、付いてきなさい」

「は、はいっ」

そう言われて、ノアは考える前に席を立った。

書斎を出ると、廊下ではメイドが四人立っていた。一見すると人間のようだが、彼女たちも悪魔だろう。

「この者は私の使い魔だ。仕事を手伝わせるので、なにか服を用意してくれ」

クラン＝カーティはメイドにそう伝えると、四人は頷いてノアを別室へと案内した。

「ここで着替えを」

通されたそこはリネン室のようなところで、手渡されたものは肌着のような長袖のシャツとベスト、ズボン。その上に麦わら帽子をぽんと置かれれば、農作業をするための恰好である。不思議に思いながら着替え終えると、メイドによって庭園へと案内された。

「これは見事だね……」

屋敷裏の庭園は果てが見えないほどに広大で、深い緑色が広がる空に溶け込んでいるようだった。木々はすべてが見たこともない種類だが、人間界のそれと雰囲気は変わらず、自然な風景ながらも丁寧に管理手入れされている。そこが森とは違い、計算された自然風景があるようだ。

微かに聞こえるのは水のせせらぎだろうか。なんとも心地よい音色にそよ風が吹き、ノアの前髪を撫でていく。

時折鳥を思わせる囀りも聞こえて、一瞬ここが魔界であることを忘れてしまいそうだ。

「何をしている。こちらだ」

少し離れたところからクラン＝カーティの声がして視線を向けると、見晴台のような場所でこちらに向かい軽く手を上げていた。メイドから離れてノアが行くと、執事らしきオールバックの中年男性がすっと身を引く。

一見したところ人間の中年男性だが、ヤギのような耳を持ち、背後では尻尾《しっぽ》も揺れている。

メイドの四人は人の姿と変わりがなかったが、そう言えば彼女たちも瞳孔が縦に延びていた気がする。

「ノア、お前にはこれより庭園の仕事をしてもらう」

「庭仕事をするって、こと？」

尋ねると、少し離れた場所から執事が一つ咳払いをした。

視線を向けると、まさにヤギの目がうっすら怒りを帯びている。

つまりは立場を弁えろと言っているらしく、ノアは肩を竦めた。

「クラン＝カーティ、言っておくけど僕は」

「ご主人様だ」

クラン＝カーティは静かに言った。

「え？」と、すかさず聞き返すと、金の目が冷ややかに見返してきた。その一方で執事からの視線がチクチクと顔に刺さり、かなり痛い。居心地が悪すぎる。

「自分が使い魔であることを忘れてしまったのかね？　ノア・カーベリー」

「うっ。わ、忘れてはいません、けど……！」

怒られると、胸の中がずん…と重たくなる心地がして、心なしか息苦しい。

これもまた契約効果なのだろうか。主人に注意され、しょんぼりとした犬の気分だ。

こんな感じで徐々に使い魔として身も心も主人に柔順にされていくのだろうか。

「ではそう呼ぶように」

「は、はい。……ご主人様」

「結構」

彼が頷くと、ノアの胸の中に安堵《あんど》の花がふわりと花開いたような気がした。クラン＝カーティの一喜一憂がノアの感情に影響しているようだ。使い魔になるということは、なんと厄介なことだろう。

「もう一度言うが、お前にはこれより庭園の仕事をしてもらう」

「はい」

再び尋ねそうになり、執事の視線に気づいて質問を飲み込んだ。代わりに返事をすると、クラン＝カーティ——ご主人様は口元にうっすらと笑みを浮かべて、満足そうに一つ頷いた。

その優雅なさまは、悔しいが絵になった。

仮にノアが主人だったとしても、この説得力のある存在感は与えられないだろう。クラン＝カーティのふるまいはノアのなかの自信をいちいち削ってくれるが、一方で羨望を覚えてしまう。

「お前には除草を任せる」

「除草？　魔法使いに草毟《くさむし》りをさせるってことですか!?」

「——なにか問題でもあるのかね？」

主人は冷ややかに尋ねた。

「いや、でも！　使い魔だとしても、除草なんてさせないことですよ。それは使用人の仕事です」

「ほう。君の祖先は、私に館の周りの除草作業を命じたが。使い魔に除草作業はさせないものなのかね。これは初耳だ」

「…っ、ご、御先祖様めえ……！」

大袈裟《おおげさ》に肩を竦めてみせた主人の様子に、ノアは頭が痛くなった。こうしている間も、隣にいる執事の沸点が急上昇しているのがわかる。

「主人の命令だ。使い魔らしく、精一杯働きなさい」

「……はい。わかりました」

これ以上質問したら執事が睨むに決まっているので、ノアは大人しく頷いた。

「では、こちらへ」と、執事が動きだして、見晴台から庭園へと降りる。

「皆には、お前はクラン＝カーティ様の使い魔として伝えてあります」

「も、もう？」

ノアが小さく驚くと、「当然です」と言わんばかりに執事が胸を張った。

「主人の使い魔として誇り高い仕事をするように。仕事はクラン＝カーティ様がベルを鳴らすまでです。休憩も指示があるまでは許されません。詳しい仕事の内容はあの者に訊くように」

「はい」

「くれぐれも仕事に励むように」

執事が淡々と、しかし凍えるような怒りを湛えながら告げると、麦わら帽子を被ったつなぎ姿の男が木陰から現れて、こちらに向かいのそのそと近づいてきた。

「わあ…」

二メートルを超える大男の頭と顔は、図鑑で見る毛むくじゃらな熊のようだった。

人の三つ分ほどもありそうな大きな頭に、小さな目と大きな口、突き出た鼻。丸くて肉厚の耳が可愛らしいが、如何せん大柄な体軀《たいく》は見上げるほどでノアを圧倒する。

丸襟のシャツにオーバーオールが似合う悪魔は、執事とノアの前に来るなり帽子を取り、ぺこりと会釈した。

「この者を頼む。クラン＝カーティ様の使い魔だ。除草作業をさせるように」

「ノア・カーベリーです。よろしくお願いします」

慌てて麦わら帽子を取り、ノアも頭を下げる。

「では任せましたよ」

そう言い残して執事は踵《きびす》を返し、主人の元へと戻っていった。

執事が戻るその後ろ姿を見送りながら、本来は自分がそこの位置に納まるべきなのでは？　と、少し不満に思い、ささやかな嫉妬に口を尖《とが》らせたノアは我に返った。

いけない。主人を取られているような気持ちになっていた。この短時間で使い魔意識が浸透してしまっている。

「除草作業とは、助かるよ」

そう言い、熊に似た悪魔は「ルコ」と名乗った。

握手を求められた手は熊のそれではなく、五本指の太くて毛むくじゃらだが人と同じものだ。握り返すと、ノアの手がすこぶる小さく見える。

「それにしても、ご領主様が使い魔を持たれるとは珍しい」

「そうなんですか？」

首を傾げたノアに、ルコは穏やかに頷いた。

「ええ。もっぱら人間に使い魔にされてしまいますからな。あのお方を召喚するとなれば、いかな人間だろうと強い魔力をお持ちでしょう。それに召喚に応じた以上、その人間を認めたようなものですからな。まあ、断る理由がありません」

「そ、そう、だね」

ノアがクラン＝カーティを見事に召喚できていれば、そんな未来もあっただろう。しょんぼりする。

「けれど、魔王様より承った大切な領地を守る領主様が頻繁にいなくなっては困りますからね。魔法使いという者に領民はいささか不満を覚えておりますよ」

「そ、そうなんだ……」

人間だと知られたら捕食されてしまう危険があると、召喚直後に主人は言っていた。ノアが人間と気付いてはいないようだが、不満を吐露した熊もどきの顔はなかなか迫力がある。心なしか唸り声まで聞こえて、一応クラン＝カーティを使い魔にする気満々だったノアは緊張の唾を飲み込んだ。

「それで除草はどれをすればいいんですか？」

自然を模した庭園だけあり、除草作業という言葉に違和感を覚えつつも尋ねると、「こっちですよ」

とルコが茂みの中にある小径《こみち》を歩いていく。

その大きな背中を追い掛けながら見たこともない植物に驚きつつ、きょろきょろと見回していると、ルコが足を止めた。

「あれですよ」

そう指さしたのは、池の畔《あぜ》に生えた紫色した植物だ。

「わあ、いかにも怪しげだ……」

魔界の植物――と聞いて、なんとなく想像するような毒々しい色だ。

茎から葉の裏表にびっしりとぶつぶつが生えている。触ったら発疹《はっしん》が出てきそうだし、樹液は明らかに有毒そうだ。

メイドから軍手も受け取っていたが、仮に嵌めていても基本的には触りたくない系統の植物だ。

「あの紫の植物だけを抜いてもらいたいんだ。繁殖力が強いから、うっかりすると池の畔の植物たちを駆逐してしまう。すぐに見付けてよかったよ」

ルコは安堵した様子で小さく息を零した。

「――そういうわけで頼むね。何かあったら声かけて、近くで作業をしているから」

そう言い残し、ルコがノアの肩を叩いて別の方角の茂みへと入っていった。

「数本だけなんだし、僕に指示しなくたってぱぱっと抜いてしまえばいいのに……」

悪魔の目からしても、紫のぶつぶつ草は触りたくないということなのだろうか。

振り返ると木立の間から見晴台が見え、主人の姿もはっきりとわかった。

目が合ったような気もするが、当然ながら手を振られることもない。

つれない。ノアはほんの少しだけがっかりした。これも使い魔ならではの意識だろうか。妙な気持ちだ。

悪魔にとって「使い魔」とは立場の低い存在なのかもしれない。それが仮に領主様の使い魔であっても。

世界が変われば学ぶこともあるな——と、思いながらノアは紫の草の前にしゃがみ、軍手を嵌めると草の根元を持った。

けれど——。

「ん？　んん？」

ぐっ…と力を入れても、草はびくりともしない。

「これ…滅茶苦茶固くないかな……？」

強く握っても茎が潰れる様子はなく、草もすらーっとしたままで葉を広げている。

もう一度全力で引き抜こうとしたが、まるで石に生えているのではないかと思えるほど動く気配も感じられず、草は当たり前の様子でそよ風に揺れている。

「ああ、言い忘れていたよ」

ノアが困っていると、ルコが茂みからのそのそと戻ってきた。

「ノアは除草作業は初めてかい？」

「はいっ。――って、この草っ、びくりともしないんですが」

暢気《のんき》な口調で訊かれ、ルコが戻るまで必死に抜こうと懸命になっていたせいで激しく呼吸を乱しながらノアは頷いた。

「魔界では魔力を込める作業が殆どでね。除草作業も同じで魔力を込めないと抜けないんだ。火や刃物を使うだけでは絶対に刈れない。コイツは特に手強くて周辺にバリアのようなものを張ってしまうんだよね。だから、これ――」

そう言い、スコップを渡された。

「物に魔力を込める方法はわかるよね？　コツは魔力を込めながら、一気にざっくり掘るんだよ」

そう言いながら穴を掘るジェスチャーに、ノアはこくこくと頷いた。この程度の作業ならば、魔力の少ないノアにもできそうだ。

「では、頑張ってね」と、ルコがまた茂みの向こうへと消えていく。

ノアは使い込まれたスコップを見た。

「魔力を込めて、一気にざっくり」

握る手に魔力を込める意識をしながらルコの動きを二度三度練習して、再び紫のぶつぶつ草と対峙《たいじ》する。

根元を摑みながら魔力を込め、スコップをざっくりと土に突き立てる。するとさきほどまでびくりともしなかった草が、根元から簡単に引き抜けた。

「わっ、これは凄いな。さっきまでうんともすんともいわなかったのに」

ノアは感心しながら言った。小さな達成感に喜ぶ。

「魔力を込めただけでこんなに容易《たやす》くできるなんて、これは思ったより簡単な仕事そうだ」

カーベリーの屋敷にも広い庭はあったが、管理は庭師にすべて任せていたため、ノアは草毟りなどしたことがなかった。とはいえ、薬草の知識はあるし、温室で育ててもいたから、土いじりや植物の扱いの要領も近そうだ。

コツを摑んだらこちらのものだ。

鼻歌交じりでも、怪しげな色の草だけをすいすいと引き抜ける。さきほどまでは石のように固かった地面も、今ではまるで小麦粉にスコップを突き立てているようだ。

やがて、ノアの脇に怪しげな色の小山ができるころには、池の畔は美しい草木に彩られていた。

「んー！　楽勝だ！」

うっすら滲んだ額の汗を拭いながら労働の後の充実感を味わう。

はじめこそ除草作業と聞いて不満も出たが、達成感を前にすればどこへやらだ。

「おお、これは随分と綺麗になりましたな」

がさがさと草を掻き踏みしめる音がして振り返ると、茶色のフードを被った白髭の七十過ぎくらいの老人が立っていた。ノアと目が合うと、にっこりと笑顔を描く。

「おじいさん……。おじいさんも庭園の仕事をしているんですか？」

「ええ。儂《わし》はあちらのほうで草刈りをしてるんだが、丁度休憩をもらったのでね。池で休もうと思ってきてみれば、すっかり綺麗になっていて驚きましたわい」

そう言い、老人は池の畔に置かれた石に腰掛けて、ノアに赤い実を差し出した。

「これは？」

「トトの実じゃ。そこの木陰に実っておったから摘んできた。熟れて甘いんだ。領主様には内緒じゃぞ」

苺《いちご》サイズの赤い実はよく見ると、真珠のような光沢を纏っていた。怖々と齧《かじ》ってみると、確かに甘い。バラの花の砂糖漬けのような味だ。

「これはとても美味《おい》しいですね！」

「気に入ったのなら、もっと食べるといいぞ」

「おじいさんの分は？」

「儂は作業中にこっそりと摘み食いをした」

「そうなんだ。じゃあ遠慮なくいただきます」

ほれ、と、ポケットの中から三粒、四粒と出てきて、ノアは笑顔で受け取った。

言われた仕事は終えたがルコが来る様子もないし、主人のいる見晴台からここは丁度木で隠れている。

少しくらいならバレないか……と、ノアは老人の傍らに腰掛けて、甘い甘い果実を頬張った。

「そういえば、夕食はスープしか食べていないんだったな……甘さが浸みるなあ……」

ここへ来てクッキーを食べたが、あの程度で腹は膨れない。トトという赤い果実はもっちりとした食感で、腹に溜まりそうだ。とても有り難い。

「ここは居心地がいいだろう」

「――えっ」

ふいに尋ねられて、ノアが魔界の住人ではないことをもう知っているのかと驚いた。

怖々老人を見ると、トトの実を手の中に転がしている。

「な、なんで、それを……」

「ご領主様の使い魔だと聞いておるぞ」

「えっ、そうなのですか？　……なんだ、知っていることなんだ……」

命の危険があるからと脅されていたせいか、てっきり秘密なのかと思っていたが違ったようだ。

かなり驚いたが、しかし領主の使い魔となれば、この土地では歓迎されることなのかもしれない。

この老人もフレンドリーに現れた。

気負わずに済むな、とノアは小さく安堵して、二個目の果実を囓った。

「実感はまだほんの少しだよ。食べ物も口に合うし、こうして会話することにも不便がない。ちょっと信じられないほど快適だ」

「それはご領主様のおかげさね」

老人は言った。

「クラン＝カーティの、ですか？　よっぽど慕われているってことですか？」

ノアは小首を傾げた。

この際だ、主人にあれこれ訊くよりもこの賢者風の老人にいろいろ教えてもらうことにしよう。

「おじいさん、僕に教えてくれないかな。ご主人様のこと、この土地のことを」

カーベリー家に伝わる魔道書を読むかぎり悪魔は基本秘密主義であるから、ここでノアが魔界へ来て、悪魔から直接話を聞く機会を得たのは、とても価値のあることだ。

目をきらきらさせてノアが頼むと、「ほほう」と老人は声を弾ませた。

「ここはジョアロブと呼ばれる、魔王様からご領主様が預かった領地だ」

「ジョアロブ……魔道書にもなかった情報だ」

クラン＝カーティのことは記述にあるが、彼は御先祖様たちにほとんど魔界の話をしなかった。

その姿勢に「頑固者」だと愚痴を零す文章が残っているほどだが、自分の治める土地ならば誇って喋《しゃべ》ってもいいだろうに。

ノアまで「頑固者だな」と、見晴台にいる主人の姿を思い出し、密かに苦笑した。

「領地を預かっているから、皆に『領主様』と呼ばれているんだね。それで、魔王様はどういうお方なんですか？」

「それは言えない。とても尊いお方だからな。儂のような者が口にするのははばかられる。とにかく、魔王様はこの世界を創り、統べるお方だ。そのお方が土地を六つに分け、一つをご領主様に与えたのだ」

「なるほど……」

魔界と呼ばれ、そこに住む者たちは悪魔と呼ばれるが、この老人といい、ルコや執事、それにメイドたちを見るかぎりとても理性的だ。そして土地は緑豊かで果実も美味しい。

「僕のイメージする魔界はもっとおどろおどろしい所かと思ったけど、とても清々しいですね。池の水もとても澄んでいるし」

「それはご領主様がそう望まれて、創られたからだよ」

「クラン＝カーティがこの土地をそう創ったってことですか？　そんなことができてしまうんですか？」

「勿論じゃ。魔王様より土地を預かるということは、その地を繁栄させなければならない責務がある。そうしてご領主様はどのような繁栄を望まれたのかといえば、この通りだ」

豊かな緑。眩《まばゆ》い光。

温厚な人々に、働き者の人々。

ご領主様と慕う民が集う領地。

「これは大した領主様ってことかなあ……」

御先祖様が「誉れある悪魔」と讃《たた》えたように、魔界では——ジョアロブでも素晴らしい存在のようだ。

それは使い魔として実に誇らしいことだ、と思ったあとで、確かにそうだが本来は違う！　と、自分に言い聞かせた。

気を抜くと、ついつい使い魔気分に浸ってしまうが、それは本来の目的ではない。ノアが主人にならなくてはいけないのだ。

しかし立派な領主がいるということは、その一方で悪い領主もいるのだろうか。

名も知らぬ魔王様が六つに分けた世界には、少なくとも六人の領主がいることになる。

一人一人のエピソードをぜひ訊かせてもらいたいと、期待に胸を弾ませながらノアが老人を見ると、さきほどまで座っていた石には誰もいなかった。

「あれ？　おじいさん……？」

いつの間にいなくなったのか、辺りを見回したが老人は本当に姿を消していた。

「——おや、終わったのかい？」

不思議な悪魔だと小さく笑うと、タイミング良くルコが茂みからやってきた。なるほど、とノアはすぐに気が付いた。

きっとルコの気配を察して、サボりを疑われると思ったのか逃げたようだ。随分と逃げ足の速い老人だ。ノアは苦笑した。

「はい。全部刈り終えました。ここに――あれ？」

さきほどまで小山ができていたところには、あの毒々しい色の植物が一本も見当たらなかった。

老人が雑草を持っていったとは思えないし、果たして一体どこに消えたのか。

「一箇所に纏めておいたんですが……おかしいな？」

「纏めておいた？　そ、それはまずい……！」

青ざめたルコが天を仰ぎ咆哮《ほうこう》を上げた。

途端に木立の隙間から無数の足音や気配がして、悲鳴とともに遠退《とおの》いていく。

これはただならぬ気配だ。ノアが焦ると、ルコが肩を叩いた。

「なっ、なんですか！　何があったんですか!?」

おろおろするノアに、ルコも落ち着きがない。

「君はご領主様の使い魔と聞いている。あとは任せたよ」

そう言うや、ルコが茂みへと一目散で逃げていってしまった。

「え？　え!?」

だから、一体なんなのだ！　と、動揺するノアの足元が、突然揺れはじめた。

「えええええ……！　ルコさぁあああん！」

ルコが逃げていった方を見ながら、ノアは叫んだ。

「あれは、纏めておくと同化するんだよ！」

太い木の陰に隠れたルコが顔を出して叫んだ。

「同化!?　合体するってことですか！」

「そうそう！　一つの個体になってしまうんだ」

こうしている間にも足元が激しく揺れて、池の水が波打っている。

「それ！　聞いてないです！」

「言い忘れた！」

「言い忘れたって！　言い忘れたって……！」

「皆知っていることだから、当たり前に思っていたんだ。ごめんよ」

「そ、そんなぁ……！」

「使い魔ならば魔力も多いだろう。頼むよ！　暴れたら大変なんだ！　それに繁殖力も強いから！」

「ひえええっ」

池を囲む木々が激しく枝を揺らし初めると、ちゃぷちゃぷと水音が立ちはじめた。

「一体なにが出てくるんだよ……！」

ノアが半泣きで叫んだそのとき、土塊《つちくれ》を吹き飛ばしながら、ノアの背の丈三倍もある紫のぶつぶつ草が突如そそり立った。

「――……！」

さながら巨大なハエトリソウだ。

ノアの胴体もあろうかという太い幹のてっぺんには、ノアを易々《やすやす》と咥《くわ》え込んでしまいそうな巨大な合貝《あわせがい》のような二枚葉があり、頭上に暗い影を落としていた。

紫は一層色を毒々しく濃くなり、あの植物と同じく見ているとぞわぞわしてきそうなぶつぶつに覆われている。

人間であるノアがかなりの嫌悪感を抱くほどのフォルムだ。悪魔たちの目にもそれは同じようで、巨大で禍々《まがまが》しい姿が現れた途端、木立の隙間から庭仕事していたらしき悪魔たちの幾つもの悲鳴が聞こえてきた。

「ルコさん！　これ、どうすればいいの！」

木陰から見守っているルコに向かいノアは叫ぶ。

「どうにかしてくれ！　領主様の使い魔なんだろう!?」

「そ、そうですけどっ」

森で魔物が出るたびに魔法使いが使い魔を頼るように、悪魔も同じらしい。領主の使い魔だから、強いとでも思われているのだろうか。その可能性はある。

ふと、ぐぐぐ…と、鈍い音がした。音源の植物を見やると、二枚貝のように閉じていた葉が開き、それはノア目がけて倒れてきた。

「ちょっ！　これって、食虫植物なの!?」

「雑食だ！　肉ならなんでも食べるから、あの葉に捕まれば粘液で融かされちゃうからね！」

「余計に厄介じゃないですかっ」

除草というより化け物退治だ。

それなのにノアが持っているのはスコップ一つだけ。

幸いなことに荒ぶる紫のぶつぶつ草の動きは遅く、ノアを喰らおうとする二枚葉さえ避けられれば、茎を狙うことは容易にできた。

しかし、突き立てようと振り下ろしたスコップは、ガチン！　と、金属音を立てて弾かれてしまった。

「まさか、これも魔力を込めないと駄目なやつか……まいったな」

動きながらの魔力を込めるようなことなど経験はないが、手を拱《こまね》いていればいるほど、捕食されてしまう可能性が高くなる。

獲物を欲しがっているのか、ノアを狙って巨大な葉を地面に打ち付けてくるせいで、折角爽やかな景色が台無しだ。

「ノア・カーベリー」

「――っ、ご主人様っ」

一大事と見たのか、主人が見晴台から降りてきていた。

その声に、ノアは猛烈に安堵した。

契約は不本意だと思いながらも、既に主従関係がノアを侵食している。それほどまでに、主人の声は心強く聞こえていた。

「ご主人様っ、植物の化け物が！」

「れっきとした除草作業だ」

「これが、除草作業!?」

魔界というやつは、とんでもないところだ！　ノアは、涙目で思った。

「これを」と声とともに主人から短刀が投げられた。

慌ててそれを受け取り、鞘《さや》を抜く。

「ぼ、僕がやるんですか!?　ご主人様がするのではないんですか!?　強いんでしょう！」

「おや。手に負えない魔物が出た場合、使い魔を使うのが魔法使いの最善の手段ではなかったのかね？」

「～～～～っ」

今だけは、そんなルールを作った過去の魔法使いたちに文句を言ってやりたい。

「さあ、捕まえる前に刈らないと喰われるぞ」

瞬間、視界に影が落ちた。

どうやら植物は再びノアを狙っているようで、頭上の大きな葉がこちらに倒れ込んできている。地面と転がるように逃げ、急いで身を起こす。

「とにかくやるしかないッ」

魔界に来るなり植物の餌食になどなるものか、とノアは覚悟を決める。

今しかない、そう咄嗟に思い、短刀に魔力を込めて茎に突き立てた。

おおおおお……！　と、地面を揺るがす雄叫《おたけ》びが聞こえ、巨大な植物が身悶《みもだ》えはじめた。

葉にぶつかろうものなら吹き飛ばされてしまうだろう。地面に這《は》いつくばったり、悲鳴を上げたりしながら二度、三度と根元の茎に刃を立てて、ついには刈り終えた。

途端に、どおん！　と、茎が大きな音を立てて倒れ、木陰に隠れていたルコや他の悪魔たちが一斉に刈ったばかりの茎を木立の向こうへ引っ張っていく。

「根から離せ！　早く！　早くだ！」

ルコが叫び、ノアを見た。

「ノア、気を抜くな！　根が出るぞ！」

「根!?」

咄嗟にご主人様を見たが、何も言わずに切り株を指さす。

株の周囲がぞわぞわと動き出す、その気持ち悪さといったらたまらない。突然、赤黒い根っこが一斉に突き出てきて、ノアは悲鳴を上げた。

「徹底的に駆除しなければ、終わらないぞ」

「えええええ……！」

ほんの少し前まで池の畔で甘い果実を食べながら、ここを爽やかな世界だと浸っていた自分が憎らしい。

ノアの声を敏感に察知した根が、一斉に襲ってきた。

蛸《たこ》の足か、触手を思わせる動きに、ノアはぎゃあぎゃあと悲鳴を上げながら、躰に纏わり付こうとする根を片っ端から短刀で切っていった。


カットした側からルコや他の悪魔たちが焚《た》き火に放り込むという作業を延々と繰り返し、気が付けば空は暗くなっていた。

根の対処に追われて、暫く夜とは気付かなかった。最後の、足首に絡みつく根を切り終えたところで、空が無数の星に覆われていると知り、大きな溜め息が洩れていた。

「……こんなに危険な作業になるとは……完全に除草作業を舐《な》めていた……」

全身が土と樹液でどろどろだ。所々擦り傷もあり、短刀を握っていた手は豆ができて、一つ潰れている。

疲労も痛みも気付かず、必死になっていたようだ。漸く無事と知ると、ノアはその場で尻餅をつき、ぐったりと肩を落とした。

「よく頑張ったね、ノア。すっかり除草できたよ」

ルコがトトの実を摘んできてくれた。手の平いっぱいのそれを一粒二粒口に放り込み、甘味を噛み締める。

他の悪魔たちも互いを労《ねぎら》いながら焚き火のそばで果実を食《は》んでいた。それをぼんやり眺めながら、充実感に酔いしれる。

「良い働きぶりだったな。ノア・カーベリー」

「あ…、ありがとうございます」

執事を連れ、再び畔まで訪れた主人に、ノアは頬を高揚させた。

どろどろに疲れているせいか、褒め言葉が骨身に染みてたまらない。歓喜にうなじがぞくぞくして、口元を緩めずにはいられないほどだ。幸せが全身に満ち満ちる。

「大した魔力もないのに私を召喚しようとした身の程知らずと呆れていたが、魔力量はともかくとして、根性はあるようだ」

少しばかり棘《とげ》のある言い方にニヤけた口角が引き締まったが、一応は褒めてくれていることには変わりなく、ノアは頬を掻いた。

「それが僕の取り柄みたいなものですし」

「取り柄か。己を知ることは良いことだ。今日は励んだな」

そう言うと、主人がノアの頭を撫でた。

「あ…」

子供扱いされたと感じたのはほんの一瞬だけで、あとから大きな手の平のぬくもりがじんわりと広がり、ノアの心をほんわかと温めていった。

「……、……」

撫でられた頭を両手で押さえながら、そっと主人を見る。

「撫でられることは不満か？」

「——いえっ、……いやっ、大丈夫……不満じゃない」

寧ろその逆だ。

今までと違い、変な感じがする。

契約してから褒められるたび強烈な多幸感が襲ってはノアを蕩《とろ》けさせていたのに、今のはもっと違う感覚だ。

はじめて魔法が使えたとき、祖父に褒められたときのような。

何度挑んでも使えなかった魔法が、必死の練習によってできたときのような。

それを誰かが認めてくれたときに感じる、じんわりと心に浸みる喜びを感じる。

褒められて嬉しい。——と、素直に思えるようなぬくもりが疲労した躰に溶けていき、ひどくこそばゆく感じてしまう。

また口元が緩んでしまい、今度は両頬を押さえた。

「さあ、今日の仕事は終わりだ。——皆もご苦労だった。今宵は良く躰を休めるように」

クラン＝カーティの言葉に除草作業をしていた者たちは一礼して、焚き火の後始末をはじめる。

「ノア、我々も屋敷へ戻るぞ」

「あっ、はい。……あ」

慌てて立ち上がたそのとき、くらりと目眩《めまい》がしてノアは草叢《くさむら》に倒れ込んだ。

「あ、れ…？」

気が抜けてしまったのか、全身に力が入らない。

これはマズいな、と思いながら、ノアの意識は急速に深い所に沈んでいった。

＊

祖父の手伝いをすると殊更褒められて、そのたびによく頭を撫でられた。

大人の大きな手が子供のノアの頭をすっぽりと包み込むように撫でるものだから、温かな体温がじんわりと伝わってきて、その感覚が好きだった。

久方振りにその感触が蘇《よみがえ》り、子供心に嬉しかった気持ちを懐かしさとともに思い出してしまった。

今は二十歳を迎えてすっかり大人なのに、あの頃の気持ちは忘れないものだな……と、笑みを描く。

――そこで、ノアは目が覚めた。

「……？」

庭園にある池の畔にいたはずなのに、白い天井が見えていた。

質素ながらも重厚感のあるシャンデリアが明かりを落とし、側にあるオイルランプがガラスの中でゆらゆらと揺れている。それを暫くぼーっと眺めていたが、我に返った。

半身を起こすと、左手だけが引かれてノアはそちらに視線を落とす。

誰かがベッドまで運んでくれたようだ。

「え!?」

ノアが寝ていた隣で、主人が左手を握ったまま目を閉じて横になっている。

なぜ、こんなことになっているのだろう。あまりの出来事に大きな声が出てしまい、主人が金の双眸を開き、ランプの明かりが眩しいといわんばかりに目を細めた。

「起きたのか」

「あっ、はいっ」

ノアは頷いた。

「体調のほうはどうだ」

「あ……なんだかひどく力が抜けているみたいです……それにあちこち傷だらけだ。……えっと、これは一体どういうことですか？」

混乱と焦りでしどろもどろになりながらノアが尋ねるなか、主人が腕を引く。

「庭園で気絶したのだ」

「え…？」

「原因は魔力切れだ。きっとまだ体力が戻っていないはずだ」

「あ…、……そんな、僕……」

自分で気付かないまま、いつの間にか気絶していたのかと知り、ノアは気が抜けた。

「だからこうして、私が魔力を与えているのだ」

「魔力を与えるって、そんなことができるのですか……？」

悪魔が人へ魔力を与えることができるなどと、魔道書には記されていなかった。そんな便利なことができるのかと興味を持ったノアは、尚も問いかける。

「それは悪魔が人間にということなのですか？　それとも、主人が使い魔にということですか？」

「どちらもだ。――さあ、理解したならば、私の側へ」

「はい……、……じゃあ、甘えて……」

いそいそと再び隣に横たわり、毛布を引き上げる。

すぐにもぬくもりが全身に広がり、丁度いい温度の湯に浸かっているような気持ちよさにうっとりとしてきた。けれど、すぐ隣に主人がいることを思い出してしまい、おもわず緩みそうな顔を緊張で引き締めた。

「……御先祖様にもこういうことをしたんですか？」

同じベッドで手を繋《つな》ぐことを、祖父もしたのだろうか。

尋ねると、主人は「するものか」と、一際冷ややかに、そして心なしか嫌悪を滲ませながら言い捨てた。

「お前の魔力があまりにも少なすぎるので応急措置だ。他の者にしろと言われても、断固拒絶する」

「そ、そうなんだ」

ノアは僅かに特別感を抱いて、少しばかり鼓動を早くした。

「今は私の使い魔なのだ。仮に使い魔だろうと私の所有物であるかぎり、領民にみっともない姿は見せられない」

「……すみません」

ドキドキしたのはほんの一瞬だけで、「みっともない」と言われて、すぐにしょんぼりした。実際魔力が尽きるのはみっともないことなのだろう。

「お前が謝ることではない。除草を命じた主人の落ち度だ」

「そんなことないです。……だって、僕らは出会ったばかりで、魔力の量なんてわかるはずがないでしょう。それともわかるのですか？」

「魔力が少ないことはすぐにわかる。だからお前の召喚に応じていないのだ」

「そうでしたね……」

しょんぼりしたあとで、更にがっくりしてしまった。

「……魔力が少ないのはどうにもならないですからね……」

　はあ、と溜め息も零れてしまう。

「だが今はこのクラン＝カーティの使い魔であることの誇りを持ちなさい。それは肝に銘じておくように」

「はい」

　召喚には応じずとも、使い魔として決めたことを誇りに思えということか。魔力が少ないことを嗤うでなし、誇りに思えと言われたことにノアは静かに感激しながら、傍らの悪魔に頷いた。

　彼自身も誇りを持ち、気品のある悪魔だ。

　悪魔とは野蛮で、快楽主義の象徴だと思っていたのに、「主人」としての姿やその姿勢に学ぶことが多すぎて、自分がひどくちっぽけに思えてしまう。

「質問してもいいですか？」

　ノアはおずおずと尋ねた。

　ほんの少し前のノアなら、会話を遮ってでも尋ねていただろう。このクラン＝カーティという悪魔を知れば知るほどに圧倒され、同時に礼節を学んでいる気がする。

「なにかね」

　主人は穏やかに返した。

　視線は天井のシャンデリアに向いているが、主人は時折ノアを見た。その視線と重なるたび、ほんの少しだけ喜びで胸が疼《うず》くのがわかった。

「前の契約者たちも、そんなふうに誇りある人たちでしたか？　あなたが使い魔として誇りを持つような」

「悪魔は人の本性を見抜く。召喚された際、私を使い魔としての素養と才能を持ち得る者かどうかは、すぐにわかる。私が応じなければつまりそういうことだ」

「契約に応じた以上は、あなたが誇りを持てるような人たちだった、ってことですね」

「そういうことになる」

　淀《よど》みなく答えられて、嬉しくなった。

「そっか！」

　祖父や、肖像画にも残された御先祖様たちは皆、クラン＝カーティに選ばれる素養と才能があったということだ。それは子孫であるノアにはとても誇らしい。

　その一方で。

「……そっかー……」

　自分には足りなかったという事実を突きつけられたようで、再びしょんぼりせざるをえなかった。

「……僕に御先祖様たちくらいの魔力があったなら、あなたは召喚に応じてくれたのですか？」

「さあ、どうかね」

「血筋や素養はあると思うですけど……」

「私が拒絶したという事実以上の理由が、他に必要なのかね？」

「う…、……確かに」

魔力量もなく、素養もないでは、完全に権利はなしなのか。

ノアは吐息を零し、明かりの落ちたシャンデリアを眺めた。

「両親からも、ずっと転職を勧められていたんだ……。占い師になれとか、魔術学校の講師はどうか、とか。占い師はともかく、魔力の少ない僕では講師も碌々《ろくろく》務まらないと思うんですけど」

事あるごとに熱心に勧めてきた両親を思い出すと、苦笑が零れる。

「でも僕は魔法使いになりたかった。カーベリー家は魔法使いの家だ。一人息子で、いずれ家を継ぐこの僕が占い師や講師だなんて、御先祖様に示しが付かないよ。勿論、御先祖様のことだけじゃない。僕自身が魔法使いになると決めていたんだ」

たとえ、一族で最も魔力の少ない落ちこぼれだとしても、周囲が転職を勧めても、たった一つの夢を諦めたくなかった。

「私にはわからないな。魔法使いとやらに、いかほどの魅力があるのだか」

クラン＝カーティは静かに言った。

「仮に占い師も講師も、自身の誇り次第であろう。魔法使いに固執する理由が私にはわからない」

穏やかな口調に侮蔑《ぶべつ》や嘲笑《ちょうしょう》は感じられない。この悪魔は、——悪魔なのに、使い魔にもこうして誠意を見せて、話を聞いてくれる。

すごいな……と、ノアは静かに感服した。

「単純に僕のエゴだよ。見栄だ。でもそれが夢を諦めない原動力でもあったんです。事実僕は魔法使いになった。西の森の守護という役目も国王から拝命されたし。僕にとって魔法使いになるということは、自分自身の誇りを守ることなんだ」

確信に満ちて答えたあとで、ほんの少しだけ暗い気持ちになった。

「とはいえ、どうにもならない現実があるってこともわかっているんだ。……どんなに足掻《あが》いても、僕の魔力は少ない。カーベリーの者たちと比べたら十分の一もないだろう。普通の人と比べて大差ないくらいだ。魔力の調節も巧くないし、すぐにへたれてしまうし」

今日はまさに限界まで搾《しぼ》り出してしまったようだった。

主人から魔力を分けてもらわなければ、今でも気絶したままか、目覚めて指一本動かせなかっただろう。普段は自分が魔力量が少ないことを理解しているぶん、しっかり加減をしてきた。

しかし今回はあまりにも必死になりすぎて気が回らなかった。ある意味充実した時間だったのかもしれない。

最後は主人に褒めてもらえて、頭まで撫でられてしまったし。

またそれを思い出すと、ノアはほんの少しだけ頬を高揚させた。

「僕にとって、一人前の魔法使いになることは一つ目の夢だった。二つ目は、クラン＝カーティ、あなたを召喚することだ。正しく言えば、僕の使い魔にすることだよ」

「それは生憎《あいにく》だったな」

　クラン＝カーティは、ふっと笑みを零した。

　やわらかな笑みだ。彼は本当に悪魔なのだろうか。

　はじめこそ恐れを感じたが、今は親しみのほうが増している。

「でも、僕は嬉しいんだ。こんな形でも、あなたは応えてくれた。僕が使い魔ってのは想定したものじゃなかったけど、嬉しい感情のほうが勝っている」

　ただ召喚に応えてくれないだけならば、出会うこともなかっただろう。

　それに褒められたり、こうして一つのベッドに並んで横たわりながら、手を握って会話しているなんて、ノアからすれば喜びと奇跡の連続だ。

　苦笑から、いつの間にか明るい笑顔になると、繋いだ手の平から熱いくらいの魔力が流れ込んできた。手の平が火照《ほて》るほどの熱に「えっ」とノアは驚く。

「急に熱くなったよ」

　はっきりと流れ込んでくるのが肌に伝わってくる。

「……なんだか、さっきより魔力がたくさん流れ込んできているみたいだ。これは一体どういうこと？」

「私に心を開いたかね」

「え…？」

「魔法使いと悪魔の主従関係——契約とはこういうものだ。互いの信頼によって結びつきが強くなれば、無意識に補いあう。どちらかの魔力が不足していれば自然とフォローするのだ。そして、心を開いていくほど、流れも大きくなっていく」

「……僕があなたに心を開いたから。だからこんなに魔力が流れてくるんだ」

熱い血潮が流れ込んでくるような感覚に、ノアは驚きの吐息を零した。

「え？　じゃあ、ご主人様は僕に心を開いているってこと？」

「主人が使い魔に誠実であるのは当然だろう。領民と同じことだ」

「あ。……そっか」

また一層の特別感を覚えて高揚した直後、至極冷静なことを言われてしまった。

「そうだね」

一体なにを期待していたのか、自分でもわからない。けれど、手の平からどくどくと流れ込んでくる熱い奔流に意識を向けると、自然と胸がドキドキしてくる。

（なんだろう、これ）

褒められたときとは違う新たな高揚感を、ノアは不思議に思った。

この悪魔の側にいると、今まで実感したことにない感情が次々と湧き上がる。

大体は嬉しいことばかりだが、こうしてよくわからない気持ちがノアを悩ませる。でも、けっして悪い感情ではないという確信はあるから、今は答えを出せないままそっとしておいた。

「無理をしていることには変わりがないぞ。魔力の心配がないからといって、安心するな。それ以前に、自分の魔力量を把握していながら、いかに感情的な振る舞いだったかを反省しなさい」

「はあい」

「お前の失態は、私の失態でもあるのだ」

「わかってます。ごめんなさい」

この悪魔は手加減してくれない。

それだけ真摯に向き合ってくれているということなのだろう。それもまた嬉しくて、ぼやいた口元がついつい緩む。

そんなノアを黄金の双眸がちらりとこちらを見て、目を細めた。

常に自信と品性を滲ませた唇がへの字に結ばれて、その様子がおかしくてノアはくつくつと笑った。

「なにを笑うか」

「ふふ、ごめんなさい」

むっとした主人に対し、ノアの謝る声は軽快に弾んでいる。

「その謝罪は不誠実だ。不敬だぞ、……まったく、カーベリー家はお前を甘やかしすぎだ」

くすくすと笑うノアに、ご主人様は心なしか臍《へそ》を曲げているようだ。

機嫌を損ねても尚、クラン＝カーティは手を離さそうとしないところに彼の優しさを感じる。

「御先祖様があなたを絶賛していた理由が今ならわかるな」

ノアは満ち足りた気持ちで言った。

そして、彼の側にいられることを誇りに思った。

＊

微かな物音に気が付いてノアが目を覚ますと、傍らにいたはずの主人の姿が見当たらなかった。

どうやら、すっかり朝になっていたらしい。ほんの少し前にベッドを出たらしく、まだぬくもりが残っている。

そのぬくもりを掻き集めながら二度寝の誘惑に身を預けていると、馴染《なじ》みのある凛々しい声が頭上から降ってきた。

「君はいつまで寝ているつもりだね？」

「……」

見なくてもわかる。怠惰なノアを頗《すこぶ》る軽蔑しているだろう。確かめなくても毛布越しにチクチクと視線が痛いので、渋々と半身を起こした。

「おはようございます、ご主人様」

「おはよう、ノア・カーベリー。調子はどうかね？」

尋ねた主人のその姿はすっかり整えられた、皺一つないスーツ姿であった。

首から下げた大ぶりな緑石のペンダントがきらきらと光っており、石の中で対流を起こしているようだ。まるで勲章のようなそれが、堂々とした姿の主人によく似合っている。

「なんだか、まだ少しふわふわしているような感じもありますけど、随分楽になった気がします」

「それは結構だ。今日も働いてもらうぞ。——まずは支度を」

そう言って、サイドチェストに置かれたベルが手を触れていないのに音を立てた途端、ノックがしてメイドが入ってきた。

メイドたちに寝間着を脱がされ、あれよあれよと着替えさせられるのを見ながら、主人は窓辺の肘掛け椅子に腰掛けて、側のテーブルに置かれてあった新聞を読んでいる。

糊《のり》の利いたシャツに黒の三つ揃《ぞろ》いの背広。広い肩に落ちる金の髪が今日も美しい。ベストから覗くチェーンは懐中時計のそれだろうか。その姿の優雅さときたら、まるで絵にならんばかりだ。

悪魔とはすべてを持ち合わせた存在なのか——。少なくとも魔王から領地を預かっているような高位の悪魔は、そういうものなのかもしれない。

ノアが想像を膨らませている間に、自分の着替えも終わっていた。

仕立ての良い背広だ。魔界にもウールがあるのだろうか、上質な生地で作られている。

昨日は除草作業に必死で、寸法など測った覚えはないが、ブラウンの三つ揃いの背広はとても着心地が良い。ダークブラウンの革靴もぴかぴかに磨かれていて、ノアにぴったりだ。

「終わったかね。ご苦労」

メイドに礼を言い、主人は新聞を置いた。

「ノアは、着心地は？」

「とてもいいです。サイズも完璧ですし」

「それはなによりだ」

「でもいつ寸法を測ったんですか？　それに昨日の作業で傷だらけだった腕も足も、すっかり元に戻っている」

「治癒が得意な医師がいる。スーツの仕立ても同じことだ。ここでは腕の立つ者がそれぞれの技術を提供している」

「たった一日でこんなに丁寧な仕上がりなら、人間界で店を開けばたちまち繁盛しそうですね。お医者様もきっと評判になる」

「しかし人間界には、そういう者を喚ぼうという輩《やから》はいないようだな」

確かにどちらかといえば力が強くて、戦闘向きの悪魔が好まれて召喚される。

「……魔法使いが悪魔を召喚する理由は、魔物を退治することですから。悪魔を使って商いをするような魔法使いはいない。そういう人を僕は知らないです」

「ではお前がすれば、悪魔で商いをする初めての魔法使いになれるな。歴史に名を残すいい機会だろう？」

「……っ、それは……」

落ちこぼれの魔法使いが歴史に名を残せるだなんて。魅力的だと一瞬心が揺らいでしまったが、これはきっと悪魔の悪い囁《ささや》きだ。悪魔は欲望を刺激することをさらりと言う。

「僕は西の森を守る役目があります。せいぜい旅人や商人くらいしか通らないような森の中では、商いは難しいですよ」

「まったく堅実だな。――ああ、そうだ」

主人は思い出したかのように、ノアに手招きした。

「ノア、こちらへ」

「？　はい」

呼ばれて、素直に主人のいる窓辺へ近づくと、身につけていた緑石のペンダントを外し、ノアの首に下げた。

「これは…？」

赤子の拳ほどもある、エメラルドのような石が塡め込まれたペンダントは、ノアが持った途端に淡く光を放った。

主人が下げているときも不思議な輝きだと思ったが、間近で見ると石の中で波打ったりうねったりしているのがはっきりとわかり、とても美しい。

ノアが主人を見ると、彼はじっと石を見つめ、最後にノアへと向いた。

「魔界では魔力が何事にも必要だ。昨日の除草作業もだが、果実を採るのも葉を一枚取るのにも魔力を使う。植物に限らず、栓を開けたり日常的なことも労働にも欠かせないのだ。魔力が元々少ないお前では、すぐに倒れてしまうだろう」

「そ、そんなに？」

尋ねると、そうだ、とクラン＝カーティは頷いた。

「そのたびに私が手を繋いでやるわけにもいかないからな。暫くの間、それを貸し与える。……緑石には大量の魔力を凝固させているから、持っているだけでお前に魔力を供給してくれる」

「魔力の塊……この宝石が？」

窓の光にかざしてみると、対流は一層クリアに見え、緑色の中に銀色の砂粒ような細かなものまで見えた。

「とても綺麗だ……。これはご主人様の魔力が込められているのですか？」

「――私のものではない。凝固させているとはいえ、繊細でアンバランスなものだ。取り扱いにはくれぐれも気をつけるように。もしヒビが入ったら、そこから大量の魔力が噴きだすからな」

「え!?　それって、どうなっちゃうんですか？」

ノアは両手で宝石を握りながら、ぎょっとした。

「さあ、私もどうなるかはわからないが……流れ込む大量の魔力に耐えられず、消滅してしまうかもしれないな」

「消滅しちゃうって!?」

大量に入り込んだ魔力で弾けてしまう想像をして、ノアは怖くなった。

「ただでさえ許容量が少ない僕にそんな危ない物を預けないでくださいよ……！」

焦るノアの反応がおかしかったのか、クラン＝カーティがふっと笑みを零した。

くくっ、と小さく肩を震わせた様子に、からかわれたのかノアはムッとしたが、先程の言葉が嘘だという確証もない。それに両手からは明らかに主人のときと同じような魔力の流れを感じている。

「冗談だったら怒りますよっ」

ノアはむくれて言った。

「冗談ではない。宝石の魔力は感じるだろう。ヒビが入ろうものなら大事だが、そうならぬよう、私が側にいる。私はお前のご主人様だからな」

「ご主人様……」

主人はそう言うと頭を撫でてきた。途端に強烈な安堵感が胸を溶かしていき、ふわんと気が抜けた。

ほんの少し前までからかわれていたが、それよりも側にいると断言してくれたことのほうが嬉しくなって、一気に不満が吹き飛んでしまった。

宝石をぎゅっと大事に抱き締めると、手の平からじわじわと魔力が伝わってきて、ノアに融けていくのが感触でわかる。主人の魔力ではないそうだが、それはとてもノアに馴染んで、心地の良いものだ。

なにより美しい。

主人がずっと首から下げていたのだから、きっと高価で大切な物なのだろう。そんなものをノアに預けてくれる事実は、使い魔として誇らしく思った。

「壊さないように、大事に持ってます」

ノアが言うと、主人はもう一度頭を撫でてくれた。

それからすぐにメイドが来て、朝食の準備ができたことを知らせくれた。

主人に続いて寝室を出て広間へと向かう途中、庭を挟んだ反対の通路に老人の姿を見付けて足が止まった。

「先に行っててください！」

そう主人に言い残し、庭を横切り老人の元へ行く。

突然ノアが前に現れたこと老人は驚いたのか、「おお」と声を震わせて肩を竦めた。

「おじいさん、昨日は甘い実をありがとう。あれのおかげで除草作業も最後まで頑張れました」

「それはなによりじゃ」

ズレたフードを直しながら、老人が言う。老人の穏やかな表情にノアは微笑《ほほえ》んだ。

「昨日は大丈夫でしたか？　紫のあの植物、大分大暴れしてたから。騒ぎに巻き込まれなかったですか？」

「ああ、この通り傷一つないよ。儂は逃げ足が速いんじゃ」

「はは！　確かに。気が付いたらおじいさんの姿が見えなくなっていたもの。でも厄介な植物だったし、ルコさんがしぶといって言っていたから、それくらいで丁度いいんだと思います」

「おぬしも怪我《けが》はなかったようだな」

「少しはできたけど、いいお医者さんに治してもらったんです。ご主人様から魔力も分けてもらえたし、ほら、綺麗でしょう。魔力を固めた宝石なんだそうですよ」

首から下げたペンダントを見せると、老人はフードを少し下げてまじまじと凝視した。

「これは素晴らしい品だのう」

「ご主人様が貸してくれたんです。だからこれからはきっと大丈夫」

「そうか。それはなによりじゃ」

「うん。――それじゃあ」

「ああ、ありがとう」

老人に手を振り、再び庭を横切った。

先に行けと伝えたのに、主人はノアが戻るまで待っていてくれたようだ。

「ありがとうございます」

ノアは言った。

「なにがだね」

「待っていてくれたから」

「なるほど」

短い言葉を交わし、主人は先程までノアがいた場所を眺めた。

「友人ができたのかね？」

「そんなところです」

魔界へ飛ばされてすぐ友人を作ったことに驚いたのだろうか。主人は金の双眸で数秒ノアを見つめ、そのあと何事もなかったように歩きだした。

再びその後ろをノアは追う。

庭の向こうに先程までいた老人の姿はもう既になかった。

＊

食事を終えたあと、主人は一時間ほど執務をこなし、休憩として三十分の読書を愉しんだ。

その間、ノアは大人しく部屋の隅で控えていた。

仕事を言いつけられてても不思議ではないが、昨日の件を案じてくれているようだ。しかしじっとしていることにすぐ退屈してしまい、書棚から本を取ってみた。

なにせ魔界の本だ。一体なにが書かれているのか、ノアは情報収集のつもりで開こうとしたが、まるで開く様子が見られない。

まさかこんなことにも魔力がいるのだろうか？　と、主人が執事と難しい話をしている傍らで暫く四苦八苦したが、がっちり糊で固められたかのように本は開けられなかった。

「……それは、開くのに多大な魔力を必要とします」

主人と会話を終えたばかりのヤギ耳の執事が、ちらりとこちらを見て言った。

お前には開けまいよという、つれない視線を向けられている。

諦めかけたがもう一度気合いを入れ、ペンダントの魔力にも頼り挑んでみた。すると、僅かに表紙が開く気配があってノアは目を輝かせて力を更に込める。

しかしそれも一瞬のことで、ねずみ取りのようにガチッと音を立てて閉じてしまうと、それっきり魔力に応じる兆しはなかった。

「ご主人様の宝石があるのに、駄目だった……」

ぜいぜいと息を切らすノアに、デスクに向かう主人が鼻で嗤う。

「――と言うより、その書物がお前に読まれることを拒んでいる」

「拒んでいる？　それはなぜですか？」

ノアはクラン＝カーティの使い魔だ。それなりに立場はあると思うのだが。そもそも書物が読み手を選ぶなどとおかしな話だが、魔界ではあり得るのだろうか。

「それは真実の本だ。読もうとする者の心の内を汲《く》み取《と》り、読むに相応しいと思った者にしか開けない。……お前の中の下心を見抜かれたようだな」

「……下心」

ぎくりとして零すと、執事がくっと小さく噴き出した。

「大方、書物から情報を得て、人間界へ戻った暁にはあの魔道書に記す気なのだろう。それを見抜かれているのだ」

「ご、ご主人様は我が家に伝わる魔道書を知っているのですか？」

「私が魔界のことを話すたび、歴代の主人がそれはもう熱心に書き記していたからな。私のことや魔界のことがさぞ詳細に書かれているのだろうが、私からすればさしたる情報ではない」

「そ、……そうなんだ。でもカーベリー家にとっては家宝ですよ。連綿と受け継がれている稀書《きしょ》だ。勿論《もちろん》あなたのことも書かれている。僕はそれを蔵書室で見付けて、あの魔道書を使いいつかあなたを召喚をするって夢を膨らませたんだ。希望の書ですよ」

「なるほど。――では、無事人間界へ帰れた暁には、魔力弱き者は魔界で使い魔にされると記述するといい。次代の者たちに感謝されるぞ」

主人の言葉にヤギ耳の執事が口元を押さえ、くくく…と、肩を震わせる。

二人の様子にノアはむっとして、小さく拗《す》ねた。

「書きませんよ。一生馬鹿にされてしまう」

下心を抱いたことを少しばかり恥じつつ、ノアは「真実の本」を書棚に戻した。


僅かばかりの休憩を終えた主人は、ノアを連れてバルコニーに出た。

「これより、領地の見回りへ行く。ノア、お前も付いてきなさい」

そう言うと、主人の全身が淡く発光しだす。昨日変化を見たときと同じ光だ。

人の姿を形どった光が音もなく縮み、大きな猛禽類の羽を持った黄金の獅子がノアの目の前に現れた。

「わ…！　格好いい……っ」

主人のこの姿は、おもわず言わずにはいられないほど雄々しくて圧倒される。

すべての者をひれ伏せさせる金の双眸と鬣。己が王者だといわんばかりの力強さを見せる、太々とした四本の脚と、巨大な羽。

ノアが目にするのはこれで二度目だが、初めて目にしたとき以上の感動がある。撫でたさに目を輝かせながらそわそわしていると、白く隈取《くまど》りされた双眸が呆れ気味に目を細めた。

〈その表情、意味を問わなくてもわかるぞ、ノア・カーベリー〉

「……だって、クラン＝カーティといったらこの姿でしょう。堂々としていて、すごく格好いい」

〈それはそれは〉

　主人は機嫌良さそうに鼻息を立てた。

「翼の生えた獅子の姿はカーベリー家の者なら誰だって憧れる。いや、魔法使いなら皆、悪魔クラン＝カーティを使役したいと思い憧れている。悪魔退治であなたの姿を見た他の魔法使いは、きっと興奮したに違いないんです。きっとカーベリー家以外の魔道書にもその姿は記されているはずです！　それほどに憧れている。勿論僕だって！」

〈そうして手痛いことになったようだがな〉

　主人が笑みに目を細め、白い牙を覗かせる。尻尾が愉しげに揺れているのまで見えてしまった。主人の前で口にはしないが、揺れるさまが可愛い。嫌味にムッとしている暇がないほど、尻尾の可愛さに胸がときめいた。

「不服な結果ですけど、今は今で愉しいです。なんたって、誰もが経験できるようなことじゃないから」

〈やれやれ、僅か一日で随分と順応してきているな〉

「魔界の人たちが思いがけず良い悪魔ばかりだから。でも人間界へ戻りたい気持ちも忘れてはいないですよ。僕は西の森を任された魔法使いですからね」

〈――まあよい。その気持ちは忘れるな〉

「当然です！」

ノアが大きく頷くと、主人はどこか安堵した表情で背を向けた。

〈私の背に〉

「え！　乗っていいのですかっ」

予期せぬ言葉にノアは尚も目を輝かせ、声を弾ませた。

〈乗らなければそれでも構わんが、確かお前たちに飛行する術はなかっただろう？〉

「ありません！　うわあ！　ありがとう！」

〈言葉遣いがなっていない。主人への敬意を忘れるな〉

「わかりました！　ありがとうございます！」

またとない機会を得たノアが興奮にほくほくとしている傍ら、主人はゆるゆると鬣を揺らして低い声を洩らした。

どうやら今の反応が子供のようで呆れているようだが、ノアにとってこの背に乗れることと飛べることの嬉しさに勝るものはなく、ついつい素が出てしまったのだ。

早速背に乗ろうとすると、主人が背を低くして、跨《また》がりやすくしてくれた。

ノアが鬣を摑み、羽を背に落ち着くと、主人が腰を上げる。

「格好いい！」

たまらず喜色の声を上げたノアに、主人がなんとも言えない唸り声を零す。

〈ノア、振る舞いがまるで子供のようだな。私の使い魔として冷静でいないか〉

「大人だって興奮するときはしますよ！　憧れのクラン＝カーティの背に跨がったんだ。黄金の鬣に触れるだけでも、僕にとっては至上の幸福だ」

満面の笑顔でノアは言った。

「張りがあって綺麗な鬣だね。今まで見たどんな獣よりもあなたが美しく輝いている。この感触を知って、子供のようにはしゃいでしまうのは、それほど嬉しいってこと！」

なるほど、とクラン＝カーティは呟き、大きな猛禽類の羽を一度だけ羽ばたかせた。

〈その褒め言葉はまんざらでもない。純粋なお前の気持ちがよく伝わってくるな。――では、見せてやろう。我が領土、ジョアロブを〉

「……！」

主人はそう言うや、一瞬身を低くして羽を強く羽ばたかせた。

ぐう、と躰が空へ引っ張られるような感覚に言葉を失い驚くなか、主人が大きく地面を蹴り空へと羽ばたいた。

「行ってらっしゃいませ」

執事の声を背後に聞きつつ、ノアの視界は緑がかった空へと吸い込まれた。

「わっ！　わ！　わああ…！」
空を飛んでいるなんて信じられないことだ。

魔法ですら飛行術は確立されていないし、そもそも人の技術で空を飛ぶことなど人間界ではまだできないことだ。

絵本や絵画の中では人が楽々と飛ぶ姿を目にすることはあっても、実際この身で体験があるなんてこの瞬間までノアは思わなかった。

「ご主人様、ありがとうございます。空を飛ぶってこんなに気持ちが良いんだ！」

びゅんびゅんと風を切る音がして、全身が空に融けているような感覚になった。

下を覗くと主人の屋敷を囲むように街ができている。街はまるでノアの知る王都マルマールのようだ。街を更に森が囲み、その周囲にも山が広がっている。

丘でヤギに似た獣を放牧している家族らしき面々が、こちらを見付けて手を振った。

主人の代わりにノアが手を振り返す。彼らが驚いていないところを見ると、主人が空を飛んでいるのは見慣れた光景なのかもしれない。

「領地は魔王様から預かっているんですよね！　この世界はどれくらい広いんですか？」

〈それはあのお方しか知らない。私は任されているこの領土を豊かにすることが役目だ。それはお前も同じことだろう〉

「確かに。僕は国王の命で西の森を預かっているんだ。森を守ることで旅人や商人が安全に行き来できて国が豊かになるように。あなたと同じですね」

ノアは頷いたが、豊かな領土に穏やかな民を治めるクラン＝カーティはあまりにも有能で、羨望を向けざるを得なかった。

なにより、空を駆ける雄大な姿に、ノアは感動した。

（彼は本当に悪魔なのだろうか……）

目の前で大きく波打つ鬣を凝視しながら、ノアは信じられない面持ちで思った。

厳しいながらも穏やかな性格といい、真摯を重んじる姿勢までも美しく見えてとても不思議な感覚だった。

〈この地は美しいだろう、ノア〉

「はい！　本当に美しいです」

〈……人間界で私は多くのものを見た。美しい土地や豊かな国で働く人々、植物や動物を知り、数え切れないほどの知識を得た。そして領主として学んだのだ。力で統治しても無駄であると。知性によって街は安定するのだと〉

「人間界ってことは、人間を手本にしてこの街を作ったのですか？」

〈そうだ。お前の祖先たちは一癖二癖もあるような者も多かったが、往々にして知性と知識があった。私の質問に祖先たちは真摯に答え、ときに私の疑問を解く術をともに考えてくれた。それは家族のように誠実にだ。人間はとても興味深く、得ることも多い〉

「それは人間が悪魔に対して感じていることと同じです。人間だって、魔界や悪魔を深く知りたいと思っているし、御先祖様たちはあなたを知ろうと必死だったことが証明されています。僕もです！」

　ノアは胸を張り、力説した。

「僕が御先祖様の誰よりも、あなたのことを深く知っていると自負しています。まだ出会って二日目だけど、なんたってあなたの背に乗り、空まで飛んでいるんですからね！」

〈それは己にとっての純粋な喜びか。それとも他を圧倒したことへの歓喜か、どちらだね？〉

「それは……」

　尋ねられて、ノアは返事に少し詰まった。

「確かに歴代の御先祖様よりあなたを深く知れたことは大いなる名誉だ。この体験は魔道書の白紙のページを何枚も使い、僕は鼻高々に書き記すと思う」

〈そうか〉と、ご主人様が低い声。

「――でも、この経験はどんなにページを使っても書ききれないですよ。だからこれは僕だけの経験だ。それを僕自身が精一杯喜ばなければもったいないと思うんです。違いますか!?」

〈さあ、どうだろうな。だが、お前の答えは面白い。とても興味深い〉

　おおおお…！　と、高揚したように主人が雄叫びを上げた。

　どうやらノアの答えを愉しんでいるようだ。

「わ！」

ノアは驚いて、危うく手を離しそうになってしまった。そんなピンチも大笑いして、ノアは主人の鬣にしがみつく。美しい獣毛だ。しかし風に吹かれて美しい鬣が絡まってしまわないか、少し心配になってしまう。

「ご主人様が叫んだら、大地が割れちゃったりして」

〈そのような無駄なこと、私はしない〉

主人は開けた丘へと降り立ち、ノアを下ろすと人型へと戻った。

獅子の姿は雄々しく魅力的だが、人の姿はそれと違う存在感を放ち、魔道書で何度も見たはずのノアをドキリとさせた。

金の睫毛に縁取られた澄んだ双眸は、ノアの心を捕まえて心が吸い込まれてしまいそうな感覚になる。

もしや、これは見蕩れている。——ということなのだろうか？　そう思うと、急にこそばゆい気持ちになってしまい、咄嗟に視線を逸らした。

「ノア、こちらへ」

そう言うと、白い手がノアへ差し出される。

長くしなやかな指だ。細いわけではなく、筋の浮き出た綺麗な手をしている。

まるで舞台役者か、絵画の中の人を思わせる色気があってノアには眩しい。

同じ男性として彼と比べた自分は明らかに幼い。野暮ったいと言うべきか。気休めのように風に乱れた髪をそっと直して、差し出された手におずおずと触れた。

「私から離れないように」

　主人は言った。

「……一体、なにがあるんですか？」

　会話をしながらも、主人はノアの手を引きながら茂みへと入っていく。すぐに立ち止まると、枝の間を指さした。

「……ん？　これは……？」

　そこには、黒いインクで乱雑な線を描いたようなものがあった。

　木に描かれているわけではなく、空中にギザギザとした五センチほどの黒い線が浮いている。風に揺れることもなく、ただそこにあるそれは、ノアの目にはとても不思議な光景だった。

「ご主人様、これはなんですか？　まるで亀裂のようです」

「〝ヒビ〟だ。一つあると、大抵近くに幾つかある。迂闊《うかつ》に触れるのは危険だから、手を離すな」

　主人は頷いた。

「魔界特有のものですか？　なぜこれが危険なのでしょう？」

「おそらく、昔から魔界だけに存在する。少なくとも人間界で私は見たことがない。それに過去の主人たちも知っている様子はなかった。本当に魔界だけのものか確かめるために、お前を連れてきた」

「こんなものははじめて見ました。ご主人様の言う通り、魔界だけのものに違いないです」

果たしてこんな小さな亀裂が吸い込むというのか。

「これは魔力が弾けて空間が裂けたものだ。魔界ではすべてのものに魔力が宿る、というのは理解しているだろう？」

「……はい。草でさえ、魔力を帯びていました」

「魔力といっても幾つかタイプがあって、違う魔力同士が衝突や干渉しあうと、時折こうして反発が起きる。そうすると、このようにヒビができるのだ」

「乾燥した日に金属を触ると、ピリッとしたりするあれと似ているのかな……」

「厄介なものでな、大きな嵐の後によく発生している。すぐに自然消滅するものが殆どだが、中には何日も存在し続けるものもあって、気付かずに触れた者たちを吸い込んでしまうのだ」

主人の声は低い。おそらく、相当頭を悩ませているものなのだろう。

「吸い込まれた者はどうなるですか？」

「――人間界へ飛ばされる」

「えっ、人間界へ、ですか？」

まさかそこで人間界が出てくるとは思いもよらず、声を大きくした。

「だったら、僕がこのヒビに入れば戻れるんじゃ……」

なんてことはない。帰還への解決方法が、こんなにも簡単に見つかったではないか。

ぱっ、とノアは目を輝かせたが、クラン＝カーティの反応は険しいものだった。

「確かに戻れるだろうが、勧めはしない。ヒビに吸い込まれた悪魔は自我を失い、獣のように凶暴化するのだ。悪魔も恐れて近づかないほどにな。そんな代物で人間が無事に戻れるとは言い切れない」

「そ、そんな……」

期待に輝いたノアの瞳はすぐに暗い影を落とした。

「でも、自我を失うって、それは大変なことなんじゃないんですか……？」

自分だったら、ぞっとする。

主人も沈痛の面持ちだ。

「無論そうだ。お前も知っているだろう。人間界で言われる、赤い目の魔物と言われるのがそれだ」

「あっ……あれが!?　あれは悪魔が自我を失った姿だったんだ……！」

落胆したばかりで、今度は盛大に驚かされた。

「そうか、だからどんなに軍隊が森をくまなく探しても、巣が一つも見つからなかったんだ。それに突然現れるというのも、どこかに隠れていたり何かに擬態していたわけじゃなく、魔界から飛ばされてきただけだったんだ……そうか……そうなんだ……！」

魔物の出現は長年の謎だった。

突然変異の動物ではないかとか、悪魔が攻めてきているなどと言う者はいたが、実際は魔界だからこそできる空間のヒビによって飛ばされ、自我を失っていたということだ。人間にとっても、悪魔にとってもそれはけっして良い知らせではないだろう。

「人間はそうと知らず、必死に退治しようとしてきたんだ」

「ああ。悪魔を使役してな」

主人は言った。

「だが、私の役目はそうなった悪魔を魔界へ連れて帰ることだ」

「連れて……てっきり殺しているものだと思っていました」

森は東西南北と四つに分けられ、ノアを含めて四人の魔法使いが守護を務めている。皆それぞれが悪魔を召喚し、人間を守るために魔物を駆逐しているはずだ。当然ノアとてそのつもりでクラン＝カーティを喚んだ。

「そういう者もいる。主人に命ぜられて仕方なく、という者もな」

主人は静かに頷いた。

「私は人間を守護することを条件に、彼らを連れて帰っているのだ。——あの森で遭遇した普通の人間は私が魔物を殺して持ち帰っていると思っているだろうがな。そう見えるように幻惑もかけている」

く、と主人は小さく笑った。

「自我を失った悪魔は、自力で魔界へ戻ることができない。飛ばされた地を彷徨うか、運良く私に連れ戻されるか、はたまた他の召喚悪魔に殺されるかだ」

「連れ戻せたら、元に戻れるのですか？」

「いいや、それもまた難しいことでな」

主人の表情がどんどんつらさを帯びていき、見ているノアも悲しくなる。

「無事連れ戻せても元の姿になることはほとんどない。今は医術に長けた悪魔の薬を投与して、凶暴化を抑えているが、名医でも今はまだ手立てを見付けられていない状態だ」

「そんな……。ひどいじゃないですか……。だって何か悪いことしたわけでもなんでもないのに」

「不条理なことなど人間にもあることだろう。だからヒビを見付けたら、どんなことがあっても必ず処理する。魔界に住む者にとっては草毟りと同じようなものだ。人間とて、危険な穴があったら埋めておくだろう」

その問いに、ノアは頷いた。

少なくともノアは人間を守るために、森を守護する役目を仰せつかったのだから。

淀みなく語る主人の姿を見ていると、ノアには安心しかなかった。

僅か二日しか側にいないノアがそう感じるのだから、ジョアロブの領民は強く感じていることだろう。

「民思いなんだね」

主人から優しさが伝わってくるのも、自然と笑みがこぼれるからだ。側にいればいるほど、悪魔というイメージが壊されていく。

ノアが微笑みを浮かべて言うと、反応に困った様子で主人が目を細め、小さく鼻を鳴らした。

「領主としての職務に忠実なだけだ」

と言う主人は悪魔とは思えないほどの生真面目さだ。でもその姿が誇らしげに見える。

「この土地や悪魔たちを守ろうとするご主人様の気持ちが強く伝わってくる。とても誠実で、まるで恐ろしい悪魔のイメージと結びつかないです。でももしそれが、僕の御先祖様たちから学んだものなら、それは僕にとってとても名誉なことだ」

「過去の主人からは多くを学んだ。悪魔の中で私は異端の部類だろうが、秩序を重んじる者は少なからずいる」

「魔王様は見る目があると思いますよ」

ふふっ、と笑うノアに「口を慎め」と、主人は今度こそ眉を顰《ひそ》めた。

「――話が長くなった。これを消滅させる」

そう言うと、主人はヒビの近くで手を幾度かひらひらさせ、その動作の流れでヒビを巻き込んだ。まるで指先に蜘蛛の糸を引っ掛けていくような手つきだ。

触れたら吸い込まれてしまうのではないかとノアは焦ったが、指先に絡め取られたはずの黒いヒビは煙のように霧散して、跡形もなくなってしまった。

「凄いっ。今、触れたはずなのになくなってしまった！　ど、どういうことなんですかっ!?　だって触れたら吸い込まれてしまうって言ってたのにっ」

「落ち着け、ノア」

「だ、だって！　これぞ魔法だっ。今、ご主人様は僕の目の前で魔界の割れ目を消滅させてしまったんだ！　凄い！」

「落ち着けと言っている。……やれやれ、お前は興奮すると、止めどないな。これもカーベリーの血か」

「そんなことより、どうやって消滅させたんですか？　今の動きに秘訣《ひけつ》があるのかな……ううん！これはとても興味深いです！」

「同じことを何度も言わせるな。学習しなさい」

　さすがに呆れたらしく、注意する声が厳しくなった。

「うっ……」

　固い口調で言われた途端、頭の中で溢れ出てくる様々な可能性がシャットダウンされてしまった。カタカタと廻る思考がブツッと途切れたような心地がする。

　これは主従契約の威力を再確認せざるをえない。ノアも少しばかり調子に乗っていた気がすると、今更気付かれる。

「すみません、ご主人様」

　ノアは素直に頭を下げた。

「結構。成人していると聞いたが、お前は随分無邪気だ。大人として落ち着きを意識しなさい」

「……はい」

それは両親にも度々言われていたことだから、反論しようもない。しょんぼりして頷くと、主人は別の方角の茂みを指さした。

「次はあれだ」

茂みの中に見えるのは十センチほどの細いヒビだ。

主人に言われなければ気付かなかっただろう。

「あんなところにも……。本当に近くに……」

「この程度なら二、三日で消滅するが、影響は計り知れない」

「こんな小さなヒビでも吸い込んでしまうんですか？」

「そうだ。大人も子供も容赦なくだ。ノア、お前がやってみるかね」

「え!?　ぼ、僕ができますかっ」

主人の提案に、ノアは頗《すこぶ》る驚いた。

「魔界にいる以上、ヒビと出くわす危険性がある。消滅させる方法を学ぶことは無駄ではない」

「で、でもご主人様が消滅させられる理屈がわからないですし、魔力の少ない僕ができるかもわからないし……」

「お前はそれを知りたくて、さきほどまで興奮しながら質問しただろう？」

「うっ、……その通りですが……」

片眉を上げながら言う主人に、ノアは頬を赤くしてぼそぼそと答えた。

確かに消滅させるやり方を知りたいと思ったが、それは主人が実践してくれるから安心して見られることであって、いざ自分が挑むことになるとかなり緊張する。

「でも、僕が落ちこぼれだってことをお忘れなきように！　魔法だって会得するのに人の倍もかかったんですからねっ。一人前になるのも遅かったですし……」

「ほう。急に尻込みか。らしくないな、ノア・カーベリー」

急に意地悪な顔だ。それも愉しんでいる様子の。

「だって……それは……」

さきほどまで真摯だと感激していたが、やっぱり彼は紛れもなく悪魔なのだ。急に喜悦を愉しむ表情をされて、嬲《なぶ》られるのではないかと思えてきた。

とはいえ、萎縮してしまうのは、自分の中にある自信の無さが原因なのだ。

魔界へ来てまで、そんなことで脅えていては折角の経験が台無しになる。ノアは小さく芽生えた恐怖と不安を押し潰してかぶりを振った。

「やります！　ご主人様、僕に教えてくださいっ」

「ああ。それでこそ、カーベリーの血だ」

そう言われると、とても嬉しい。

主人に言われたら尚更だ。

「ヒビを消す方法は、多少力に覚えがある者ならばできることだ」

主人はそう言いノアの背後に回ると、右腕を摑んだ。

反対の手は腰へと回り、背後から抱き締められるような体勢になると、主人の金糸の髪が頬を撫でてきてドキドキとしてくる。

微かに香るのはトワレだろうか。芳香に目元が蕩けてしまう。

「聞いているかね？」

「あっ、はい！」

ノアは、はっと我に返った。

「力があれば、消滅させられると。でも、僕くらいの少ない魔力量でも大丈夫なのですか？」

「ペンダントが補ってくれるだろう。コツさえ覚えれば無駄に使うこともない。要は経験とコントロールだ」

「はい」

穏やかで色気を帯びた主人の声が鼓膜を撫で、その間も腕や背中から体温が伝わってくることに、なんとも形容しがたい感情がノアの心を揺さぶった。

できることならば叫び声を上げて、この抱擁から逃げ出してしまいたいくらい、今は落ち着きを失っている。

こんなことで魔力のコントロールなどできるのだろうか、とノアはドキドキと煩《うるさ》い鼓動を聞きながら、主人の声にぞくぞくしていた。

「ノア、集中しなさい」

「――っ、は、はい」

落ち着きのなさに気付かれてしまったようだ。ノアは背筋を正して気持ちを切り替えると、主人が左手の甲に自身の手を重ねてきた。

「……、……」

気持ちを切り替えたばかりなのに、二人の肌が直に触れあうと強いぬくもりに惹かれてしまう。

落ち着けと言い聞かせる間にも、頬がじわじわと火照っていくのがわかる。

「右手の力を抜いて」

「ひあっ」

右耳に吐息が触れて、おもわず変な声が出てしまった。

「ノア」と主人の呆れた声に名前を呼ばれて縮こまる。

「す、すみません……不意打ちだったもので」

「なにが不意打ちか。意識が散漫としているのだ。気を抜いたらヒビに吸い込まれてしまうぞ」

「は、はいっ」

これ以上の失態は許されない。ノアは肝に銘じて、息を吐いた。

「もう一度。右手の力を抜きながら、指先に魔力を込めていく。――そう、上手だ」

褒められた途端に込み上げたときめきも必死に抑え、主人の言う通りにしていく。

「ブラシや筆で蜘蛛の糸を撫でるような、優しい動きを意識すること。刺激を与えず、指先に絡め取っていくような感覚で——さあ、今の動きのままやってみるといい」

「はい」

言われたことを忠実に守りながら、さきほど見た主人の手つきを真似ながら、ヒビを指先で掬っていく。

ヒビへ意識を向けて集中するが、掬《すく》う直前、ペンダントがほんのりと熱を持ったような気がした。

「——……できた！」

教えられた動きを忠実に再現すると、本当にヒビは呆気なく消えてしまった。

「初めてにしては上出来だ。魔力の調節も適切だったぞ」

「ありがとうございます！」

やはり主人に褒められると嬉しい。契約の効果だとわかっていつつも、この多幸感は否定するには本当にもったいないものだ。

「不安はありましたけど、僕の後ろでご主人様が見守ってくれていると思ったら心強かったです」

「そうか。まあ、お前が失敗すれば二人とも吸い込まれていただろうがな」

「え!?　助ける手立てがあって教えてくれたんじゃ……？」

「あるわけなかろう。小さなヒビ一つでも頭を悩ませているほどなのだ。共に人間界へ堕《お》ちるだけだ。人間のお前がどうなるかはわからんが、少なくとも私はあの森の中で大暴れしていただろうな」

「……は～～～……成功して良かった……！」

ノアは盛大に安堵の息を零した。

ヒビに吸い込まれた人間がどうなるかは前例がないだけに不明だが、悪魔の主人は間違いなく凶暴化してしまうことだろう。

相手は高位の悪魔だ。そうなったら軍隊を出したとしても刃が立たないかもしれない。

同時にノアは今、人間界に齎《もたら》される巨大な危機の芽を一つ潰したようだ。

「魔力量が心許なくても、お前は自身の熱意で一人前の魔法使いになれたのだ。できて当然とまでは言わんが、理解力のある者だと私は認識している。自信を持つがいい」

「……ご主人様っ」

そんなに褒められれば感情を抑えられるわけもない。あまりの嬉しさに涙を滲ませて喜ぶと、主人が困った顔を見せた。

「ノア、なぜ泣くのだ」

「だって……そりゃ嬉しいですよ。僕は魔法使いとしての素質がないから、両親にどんなに可愛がられたって、どこか腫れ物扱いでしたし。僕から必死に頼まなければ魔法術を教えてはくれなかったから、二人ともどうせ会得できないと思っていたんです。だから……」

ぐすっと鼻をすすり、ノアはにっこりと笑ってみせた。

「ご主人様が真剣に教えてくれて、しかもそんな評価までしてくれて嬉しかった。ありがとうございます！」

「……そうか」

主人は喜ぶでもなく、寧ろ神妙な顔つきで顎を撫でた。

どんなに真摯でもその正体は悪魔なのだから、感謝されても人間とは違う感情を持つのだろうか。

それでもノアにとっては嬉しいことだ。

「正直どう反応して良いのかわからないが、悪い気分ではない」

どうやら主人は自分の中の答えが見つかったようだ。

「はい！」と、ノアが元気よく返事をすると、更に眉間に皺を寄せながら険しい表情になる。心地が悪そうな顔をしたが、きっと懐かれることに慣れていないのだろう。にこにこと笑うノアの視線が痛いのか、そっと顔を反らした。

「お前をそこまで喜ばせる意図はなかったが、私は私で真実を述べたまでだ。お前の糧になるのならば、それでいい」

「はい！」

ノアは丘に響くくらいの元気な声で、また大きく返事をしていた。

＊

それから茂みの中で見付けた幾つかのヒビを消滅させると、再び獅子の姿に戻った主人の背に跨《また》がり、屋敷へと戻った。

巡回の途中で小さな村を幾つか横切るたび、主人を見付けた悪魔たちが親しげに手を振ってくるのが見えた。

それに応えるように咆哮《ほうこう》する姿が雄々しくて、背に跨がるノアは使い魔として誇らしくなった。

屋敷へ戻ってきたのは夕暮れ間近で、再びバルコニーへ戻るとヤギ耳の執事が待っていた。

「おかえりなさいませ。ご無事で何よりです」

バルコニーへ降りるなり、獅子から人の姿へ戻った主人に執事が一礼する。

ノアがにこっと笑うと、す…と目を細め「おかえりなさい」と、つれない一言。

「ただいま。今日はご主人様にヒビの消し方を教えてもらったよ」

「それはそれは、結構」

――と、言う執事のこめかみに青筋が一本浮かび上がるのが見えて、ノアは気付いた。

この執事は明らかにノアに対して嫉妬をしているようだ。一日主人を独占したことで優越感を持っているノアは、執事の反応に尚もにんまりとした。

「ご主人様に頻る褒めてもらったんだ。嬉しくて舞い上がっちゃうくらいに」

「ほう。それは宜《よろ》しいですな。クラン＝カーティ様のご教授であれば確かなものでしょう。くれぐれも彼を失望させないように」

「もちろんさ。僕はもっと自信を持たないといけないからね」

ふふん。と、胸を張るノアに「ほう」と執事がヤギの耳を縦に揺らした。

「クラン＝カーティ様の使い魔としての自信でしょうか。なるほど。板についてきたようで、結構」

「んっ」

使い魔であることを念押しされて、自分がノアは調子に乗っていたと一瞬で気付いてしまい、小さく呻いた。

途端にヤギ耳執事が目を細め、形勢逆転に喜びうっすらと笑みを返す。

「クラン＝カーティ様の使い魔なのです、自信を持たねばね」

「……そうですね」

クラン＝カーティの使い魔と執事。どちらが主人に大事に思われているか、いつの間にか静かな意地の張り合いになっている。

「お前たち、仲が良いようだな」

「違います」

「いいえ、滅相もないっ」

二人の嫉妬心に気付いているのかいないのか、主人の何気ない一言にノアと執事は声を揃《そろ》えた。

「十分に仲良しだ。ノアは魔界に馴染《なじ》みすぎなほどだ」

「それは、ご主人様が誠実で優しいからですよ。怖かったらきっと萎縮していますからね。というか、今頃紫のぶつぶつした草の栄養になっていたと思います」

執務室へ入る主人を、ノアと執事が後を追う。

「あと、仲良しなのは誤解ですよっ。執事さん、僕にすっごい冷たいですからね！」

「あなたがクラン＝カーティ様に失礼な態度を取るからですよ。それから私にもゴートという名があります」

「だったらそう言えばいいのに。僕にだって、あなたほどではないけど立派な耳がありますからね、ゴートさん」

「ほら、仲良しではないか」

「違いますっ」

「大変誤解です」

上着を脱ぎながら言う主人に、二人は口を揃えた。


夕食を終え、一日の汚れを流して寝間着に着替えたノアは、主人のふかふかのベッドへ潜り込んだ。

使い魔であるノアが別室ではなく主人のベッドへ戻るのは、ペンダントの緑石が何かのきっかけで割れてしまうことをクラン＝カーティが心配しているためだ。

それならば夜だけでもペンダントを返せば済むことだが、主人に肌身離さず持つように言いつけられているので今後も同じベッドで眠ることを許されている。

「このベッドの寝心地を覚えてしまったあとで、あの森の館の硬いベッドで果たして眠れるかな……実家以上の贅沢《ぜいたく》に躰《からだ》が慣れてきてしまっているよ……」

やわらかな枕を抱き締めてごろごろしていると、主人がガウン姿で戻ってきた。

途端、あることを思いついて、寝転がっていたノアは躰を起こした。

「どうした。寝ていて構わんが」

「ご主人様、お願いがありますっ」

「なんだ」

「獅子の姿になってほしいです」

「寝ている最中に潰されるかもしれんぞ。寝具が足りないのなら持ってこさせるが……」

主人のベッドはキングサイズより更に大きく、獅子の姿で眠っても悠々できるほどだ。

「寝るときは今の姿で構いません。今だけ獅子の姿になってほしいんです」

「かまわんが、何をする気だ」

そう言うと、淡い光に包まれたご主人様の姿が獣へと変化していく。

悪魔とは思えないほど神々しい変化だと、このときばかりはうっとりしながら見てしまう。

気が付くと目の前には黄金の獅子が羽を閉じて、ゆったりと寛いでいた。

「わあ…、やっぱりご主人様は綺麗《きれい》で美しいです」

〈拙い賛美だが、受け取ろう。悪くはないぞ、ノア。――それで、私がこの姿になることに、なんの意味があるのだ〉

「はい。意味はちゃんとあります」

ノアは大きく頷《うなず》くと、サイドテーブルのブラシを手に持った。

「僕に鬣をブラッシングさせてください！」

〈……なに？　ブラッシングだと……？〉

途端、ぐるる…と、主人が低く唸った。

困惑しているのか、黄金の双眸が細められて眉間に深い皺が刻まれる。しかしノアは怖《お》じ気《け》づくことなく、寧ろ前のめりで言った。

「鬣のブラッシングです。今日のお礼がしたいんです」

〈私は何かしたつもりはないが〉

「いいえ、ご主人様は僕を褒めて、とても嬉しい評価をくれた。僕が今できる感謝はなんだろうって考えて、これが思いついたんです」

〈ほう……〉

とはいえ、主人はまだ納得していない様子だ。

警戒しているのか、それとも呆《あき》れているのかわからないが、どちらにしても興が乗っていないのは明らかだ。それでもノアは、頑として引かなかった。

「ご主人様は今日、この姿で領地を巡ったでしょう。たくさん風に吹かれて、鬣が絡まってしまわないか、ずっと気になっていたんです」

もふもふとした鬣の中に顔を埋めながら空を駆ける経験は、とにかく素晴らしいものだった。金色の鬣が光に照らされて、それはそれは眩《まばゆ》かったことにも感動した。

今とてその輝きは失っておらず、寧《むし》ろ湯に入り清々《すがすが》しさまで得てしまったようにも見えるが――。

「……まあ、見るかぎりそんな様子はないけれど。でも疲れを癒やすという目的もあります。人間界では猫も犬も撫でられると喜ぶんですよ」

〈私は家畜ではない〉

心外だなと言う顔だ。

獅子の姿でも、とても表情豊かだとわかる。

「そっ、そうですがっ。……すみません。たとえが悪かったです」

〈まあいい。お前がそうしたいというのなら許してやろう。私に良いと思わせる働きをするといい〉

「……！　はい！」

許しを得たノアは目を輝かせて、ベッドにゆったりと横たわる主人の側へと近づいた。

「失礼、します」

そうして黄金の鬣に一度ブラシを入れる。ブラシは豚毛のような固い短毛のブラシだ。

「わあ……綺麗だ……」

鬣はキラキラと微細な閃光《せんこう》を放ち、なんとも言えないまろやかな光沢を付けていった。

そのあまりにも美しい様子にノアは感動の吐息を洩らし、一撫で、また一撫でしていく。

ノアの手によって、元々美しい鬣が尚一層素晴らしいものになっていくのは、見ていて誇らしい。

「一本一本にすごく艶があって、それが束になると目に眩しいくらいだ。張りがあるのに、ごわごわしていないし、かといって油分がありすぎるわけじゃないし、なんだか本当に金でできているみたいです。きっと雨水も弾いちゃうんだろうなあ……とっても素晴らしい毛質だ」

〈お前はまだ私を家畜扱いするのかね？〉

主人の声が心なしか低くて、ノアは慌ててかぶりを振った。

「すみません……。でもブラッシングすると、屋敷で飼っていた二頭のシェパードを思い出してしまって、つい」

ノアはついつい癖が出てしまい、一度手を止めて縮こまった。

「暖炉の前でよく、二匹をブラッシングしていたんです。とても賢くて大人しくて、ブラッシングが大好きですぐにおなかを出してごろりとするんですよ」

〈愛玩犬も変わらぬぞ。それとも私に、その二頭と同じように腹を出せと？〉

大きな頭を起こし、鋭い眼光がノアを睨《にら》む。

「違いますっ。……懐かしくなって、つい。――だけどご主人様の鬣は特別です。梳《と》かすたびにその美しさに感動しますね」

昼間、主人の背に跨がりながら風揺れる鬣を見て、どんな獣よりも美しく輝いていると心から思った。

手で撫でると、まるで小さな光の粒が指に纏わり付いてくるようだ。

書物の中の幻想の生き物だと言われているが、悪魔がいるのだから妖精がいたって不思議ではないだろう。その不思議な生物が主人の鬣に宿っているようだ。そんな不思議な魅力と輝きに、ノアは夢中だった。

〈まあよい。拙い賛辞でも、いかにお前がこの鬣に魅了されているかは十分理解している〉

ぐうう…と低く喉を鳴らして、主人は一度起こした頭を枕の上に落とした。

〈だが、我が領土で、このようなことを乞い願うのはお前くらいだ〉

「ははは……使い魔特権、になるのでしょうか」

〈使い魔であるならば、主従を尚も弁《わきま》えるのが当然だと思うが。使用人からもこのような扱いを受けたことはない〉

怒っているというよりも、主人は初めての扱いに困惑しているようだ。少し気難しすぎるきらいがあるし、そもそも圧倒的なオーラに皆萎縮してしまうから、ノアのようにじゃれてくる者はきっといなかったのだろう。

「では、僕特権ですね」

〈特権と認めるのは不本意だが、確かにお前くらいだな。ノア・カーベリー〉

そう言うと、主人はどこか諦めた様子で、吐息を洩らした。

〈だが、悪い気はしていない。慈しまれながら鬣を梳《す》かれるのは、心地が良いな〉

「良かった」

〈お前が喜べば、少なからず主人の私にも伝播《でんぱ》する。不思議なものだな。なぜか甘やかしてやりたくなるのだから〉

主人に褒められてノアがたまらなく嬉しくなるように、主人にもノアの感情が伝わっているのだ。

「使い魔との主従契約とは、随分と心に深く繋《つな》がりを持つ契約なんだ。初めて知った」

ノアは再びブラッシングの手を動かしながら、話を続ける。

「これまで契約した人の中に、慈しみの感情をご主人様と共有した人はいなかったのですか？」

〈特に気にもしていなかったな〉

主人は言った。

〈召喚による契約は、魂の繋がりを意味する。過去の主人たちは皆、私が認めるだけあって冷静だった。少なくともお前のように子供じみていたり、感情的であることは少ない〉

「……それを指摘されると、何も言えなくなりますよ……。甘やかされて、ぼんぼんに育ってしまったところは否定できないし……。だからといって両親を責めるつもりはないですし、この性格が僕自身なんです」

〈その誠実さと気の強さは、カーベリーの血だろう。お前もまた、天才と呼ばれた主人たちの血族なのだ〉

「ん……そう言われると誇らしいです」

ノアはこそばゆさに頬を掻いた。

「代々続く家でも、優秀な者がいれば、そうでない者も少なからず出てくるものだろう。僕はたまたま外れ籤《くじ》を引いただけ。だからって卑屈にはなりたくないし、才能がない分を努力で補ってきたんです。その自負はある」

〈彼らとて、才能があるからといって努力を怠ってきたわけではないぞ〉

「わかっていますよ。というか、それならこれまで契約した人たちの感情が伝わったりしたことはないんですか？」

〈そうとも言い切れん〉

主人は言い、前で組んでいた脚を入れ替えた。

〈信頼があれば、自《おの》ずと思うことを察するものだ。彼らは真摯であり、冷静であり、なにより大人だった。私が彼らの感情を汲《く》み取《と》るに容易《たやす》いほど、共感できるものがあったのだ〉

「つまりは、似たような性格で考えていることがすぐにわかった。——ということですか？」

ノアが尋ねると、主人が振り返り、憮然《ぶぜん》とした様子で大きく鼻息を出した。ぐうう…と、低い唸り声がする。正解のようだ。

〈お前の言い方には同意しかねる〉

「でもそうなんだ」

つれない返事に、くふふっ、とノアは愉しげに肩を小さく震わせた。

「ってことは、おじいさまが肌着姿で屋敷の中をうろうろしたことにも、ご主人様は多少の理解はあるってことなんだ」

〈賛同はしかねるが……しかし森の中での暮らしで開放的になることは理解できる。私とて、時に息抜きは必要だからな。――それにこの契約で、使い魔に草鞋りを命ずる気持ちも知れたぞ〉

意地悪な視線を向けられて、今度はノアが呻いた。

「それはあんまり理解してほしくなかったです。あれがいきなりは過酷でした」

ノアが肩を竦めると、獅子の大きな瞳が笑みに細められた。

〈私とて、命ずることができたときは驚いたものだ。カーベリーの者は時折私を驚かせるが、ノア、その中でもお前は特にだな〉

「それは褒め言葉として受け取っておきますからね」

ふふっと、ノアは笑顔を浮かべながら、最後の一房を梳いたブラシをサイドテーブルへ戻した。

「どうでしょうか。ふっかふかになったと思いますよ」

そう言って、後ろ頭を撫でると、主人がぶるっと大きく鬣を左右に揺さぶった。

途端に鬣の光の粒がキラキラと飛んだ気がして、「わあっ」とノアは感激の声を洩らす。

「さきほどより輝きが増していると思います」

〈確かに軽くなったようだ。お前にこのような特技があるとは〉

「特技というか、習慣ですけどね。――あの……ぎゅっと抱き締めてもいいですか……？」

〈ん？〉

どういうことだと、主人が怪《け》訝《げん》な顔をした。

「ブラッシングし終えたばかりって、ふっかふかで肌触りがいいんですよ。僕、ブラッシングのあとのそれが楽しみで……」

今すぐにも抱き締めたいと、ノアの手がそわそわとする。

そんな様子に主人は呆れた様子でかぶりを振ったが、梳いたばかりの鬣がふわっふわと踊って、とにかく抱き心地が良さそうだ。

〈昼間に散々抱き締めてきただろうに〉

「それはそれです！　今はブラッシング直後の感触を愉しませてほしいんです」

〈……まったく。子供か〉

「大人だって我慢できないことはありますっ」

強い口調で言うが、主人はまた理解できないという様子で吐息を零した。しかしノアの圧に負けたのか、最後は諦めたように肩の力を抜いてしまった。

〈好きにするがいい。ただし涎《よだれ》は付けるな〉

「そんなことしませんよ。……まあ、犬に頬擦りしながら寝ちゃったことはありますけど」

それも一度や二度ではなく、冬はかなりの割合だ。あまりのことに、使用人のトールから暖炉の前でブラッシングすることを禁じられていたほどだった。

「では失礼します」

ごくりと唾を飲み込んで、いざ！

両手を広げて、後ろ頭を抱き込むように半身を倒すと、さらさらふわふわとした美しい獣毛がノアを包み込む。

「ふあああ……」

その心地よさといったら、昼間の比ではない。

「羽毛とは違う柔らかさと、このさらさらとした感触が気持ちいい……」

吐息混じりに零して、獣毛に顔を埋める。

愛犬とは違い、主人は上質な香りがする。それがまたノアに心地よさを教えてきて、顔全体を優しく撫でる毛質にうっとりしてしまう。

「なんて素晴らしいんだろう……」

ふーっと深呼吸を繰り返すと、鬣の中に全身を沈めているようだ。

ここへ来て苦労は絶えないが、そんなことなどどうでもいいと思えてくるだけの幸せが、このもふもふとした鬣にはある。

「もふもふ……もふもふだあ……もふもふ……」

〈子供か。――まったく、何度言わせるのだね〉

「ですが……これはもう……まさに至上のもふもふ……至高のもふもふだ……」

〈拙い賛美が一層拙くなっているぞ、ノア・カーベリー〉

「はー……それは認めるところです。……でもこのもふもふは…………人間界にいては感じることのなかった、究極のもふもふで……、……もふも、ふ……、……」

鬣に顔を埋めながら会話していると、次第に目蓋が重たくなってくる。

これは暖炉の前のときと同じ感覚だ。ノアは頭の片隅で警鐘を鳴らすが、最早この最上級のもふもふから顔を起こすなど到底できるはずもなく、意識はただただ沈んでいくばかり。

〈ノア？　ノア・カーベリー〉

「んー……、……」

〈待ちなさい。寝ることまでは許していないぞ、ノア・カーベリー〉

「……んー……」

地響きのような咆哮が聞こえるが、眠気に絡め取られたノアに抗《あがら》うすべはなく、ただただ眠りの泉に堕ちていく。

それでも尚、主人は困惑したような唸り声を上げているが、その声さえノアの耳には心地よく、躰の力が抜けていった。

——それからどれくらいの時間が経《た》ったのか、頭を撫でる感触に気付いてノアは覚醒していった。

そういえば、クラン＝カーティに頭を撫でられたとき、子供扱いされて悔しいと思いつつも嬉しかったのを思い出す。

出会って、まだ二日しか経っていないのに、主従契約の効果なのか側にいることがしっくりとしている。召喚による契約が魂との結びつきならば、そう感じるのは自然なことだろう。

目蓋が開いて暫くぼんやりしていると、主人が顔を覗《のぞ》き込んできた。

「あ…、ご主人様」

〈まさか、ああも容易く寝落ちてしまうとは〉

「あ……そっか、僕、ご主人様を抱き締めながら寝てしまったんだ……すみません」

きっと愛犬とのスキンシップが癖になってしまったのかもしれない。

「でも、怒られても悔いのない気持ちよさでした」

まだ眠気が抜けきれずに、ほんわりとしてノアが笑うと、クラン＝カーティが呻きながらかぶりを振った。

〈手加減なく、ぎゅうぎゅうと抱き締めてきおって……枕かぬいぐるみにでもなったような気分だったぞ〉

「すみません……。でも、ご主人様の鬣は僕を凄まじく誘惑してくるんです。それはもう、ぬいぐるみのようにぎゅっと、抱き締めて甘えたくなるほどに凄まじく」

〈子供か。最早何度も言うぞ、子供か〉

「ぬいぐるみが手放せない大人だっているでしょう。きっと。僕よりも子供な大人は、人間界に大勢いるはずです」

〈下がいることに安堵して、開き直るものではない……やれやれ……お前はどこまでも私を驚かせるな〉

「それは、さっきも言ったでしょう。僕特権なんです」

ふふ、と吐息を零したノアは、怒られない程度にそっと優しく鬣を撫でる。

しかしすぐにも気付いた主人が眉間《みけん》に皺を寄せて怖い顔だ。

〈その特権は容易に受け入れられん〉

そう言い、主人はそっぽを向いた。

〈だが、昨日に続いて今日も動き回ったのだから、さぞ疲れているのだろう。主人として、今夜は甘えることを許す〉

ちらりとこちらを見て、主人は言った。

「え…？」

思いがけない言葉に、ノアは目を丸くした。

この手のスキンシップには潔癖な面があるというか、生真面目さが前に出てしまうような雰囲気があるのに、一体どういう風の吹き回しだろうか。

とはいえ、主人が積極に許しを出してくれたことが嬉しい。

「ありがとうございます、ご主人様！」

ノアはまた瞳を輝かせた。

〈大人でもぬいぐるみを抱き締めて眠りたいときもあるだろうからな。かまわんぞ〉

と言う口元が、意地悪な笑みだ。

つまりは甘えん坊なノアを見て愉しんでいるに違いない。

ぐ…っ、と呻いたが、しかしこのもふもふの誘惑には抗えなかった。

「もう、好きなようにおっしゃってください……！　ご主人様の許しを得た以上、僕は僕の欲望を追求します！」

そう言い、主人を抱き締めた。

もう一度鬣に顔を埋めて、すりすり。

「ふあ～～……」

もふもふが気持ちいい。なんてふくよかな獣毛だ。

張りはあれどもやわらかく、なによりノアを包み込む感触の素晴らしさといったら、またすぐにでも寝落ちしてしまいそうだ。それほどに悪魔が持つ獣毛の感触は見事で、ちっぽけな人間など抗うことなのできないのである。

「この感触を知ったら、使い魔も悪くないなあ……はあ……しあわせ……」

〈お前の順応性には頗る感心する。……しかし頼むから強く抱き締めるな。息苦しい〉

やれやれと、呆れている主人に、ノアは笑って腕の力を抜いていく。

躰の力を抜けばまた、眠気がやってくる。

今日の力も相まって、ノアは再び寝息を立てていた。


真夜中にふと目を覚ましたノアは、傍らに眠る主人が獅子の姿から人へと戻っていることに気が付いた。

寝ている間にノアを踏んでしまわないようにと、気遣ってのことだろう。

主人の優しさを感じたノアは、静かな寝息を立てる横顔を見ながら、にっこりと笑った。

＊

魔界へ来て気が付けば一週間が経っていた。

慣れない仕事に四苦八苦しながらも、あっという間に日は過ぎていく。

今日は果樹園の収穫のお手伝いをすることになった。

相も変わらずまた主人に起こされ目を覚ましたノアは、朝食を済ませたあと、庭仕事のときと同じ農作業用のラフな恰好に着替えた。

その間、主人は執務室だろうと思いきや、自身も生成りのシャツにベスト、麻のボトムに着替えていた。

「ご主人様も収穫のお手伝いをするのですか？」

その姿に目を丸くしてノアが尋ねると、「当然だ」と執事より軍手を受け取りながら言った。

今日は長い髪も結わえていて、精悍《せいかん》な様子が一層際立っている。

知的な主人も素晴らしいが、ラフなスタイルも魅力的だ。

「果実の収穫は、人手があって困ることはない」

「はい」と、傍らで頷くヤギ耳の執事ゴートも農作業をするための恰好をしている。

「屋敷総出のお仕事なんだ」

領主のお屋敷は大きく、住み込みだけでも三十人近くいるようだ。通いの者も入れれば倍以上になるだろう。

「その通り。このところ、快晴が続いているだろう。果実は熟すのを待ってくれないからな」

大変そうだが、主人や執事まで収穫に加わると知ると、ちょっとしたイベントのような高揚感を覚え、果樹園へ行く足取りも軽やかになる。

果樹園は広大な裏庭を抜けた所にあるらしく、馬車に乗り込んでの移動だ。

空を飛べる者たちはそれぞれの籠を手に持ちながら向かっている。中にはあの四人のメイドたちの姿も見られ、コウモリのような大きな羽を広げて並んで飛ぶさまは、なかなか幻想的だ。

「こういう経験も魔道書に記したいけれど、絵心がないからなあ……もしあったら今頃、スケッチブック片手に大忙しでペンを走らせているはずだ」

ゴトゴトと揺れる馬車の荷台から空を眺め、景色を記憶に焼き付ける。

その傍らで、健脚の悪魔たちがノアが乗る馬車を抜いていく。

どっどどっどっと重たい足音を響かせているのは、庭師のルコだ。

背中に幾つもの籠をくくりつけ、まさに熊同様の四脚で駆け抜けていく姿は迫力である。

ルコの背中の籠の中では、青い色をした毛玉みたいな子たちがひょこひょこと跳ねている。

愛くるしさにノアが笑うと、籠の中で嬉しそうにころころと転がっているのが見えた。

その様子があまりにも可愛らしいのだが、籠から転げ落ちてしまうのではないかと少しひやひやしていた。

馬車に揺られること暫く。角の生えた二頭の黒馬が停止すると、果樹園では既に収穫作業がはじまっていた。

ノアが先に降り、続いて主人が馬車を降りると、皆が一度作業の手を止めて一礼する。

「かまわん」と軽く手を上げて応えた主人は、先に到着していたメイドより籠を受け取った。

「ノア、付いてきなさい」

「はいっ」

ノアも籠を受け取り、主人の後ろを付いていく。

木はまるでレモンのもののようだが、果実の色はオーロラのような光沢を携えていた。

一帯には甘い香りが満ちていて、快晴の空や春のような陽気によく似ている。

周囲には蝶《ちょう》——というより、妖精のような小さな生き物が愉しげにひらひらと飛び回っていた。ノアの前を横切っていき、時折じゃれたように帽子のつばに乗ったり、肩に乗ってくる。

主人は小径をさくさくと進み、一本の果樹の前で止まると、持っていた籠を下ろした。

ノアも立ち止まり、足元に籠を置く。

「ノア、除草作業で理解したと思うが、果実の収穫も魔力を使用する」

「はい」と、ノアは頷いた。

この一週間、あらゆることに魔力を使用するこの世界の暮らしも大分慣れてきた。

「草に比べ、果実は倍以上の魔力が必要だ。そうなれば更なる魔力のコントロールが欠かせない」

「と言うことは、すぐにバテてしまう危険性もあるってことですね」

流石《さすが》に気絶は皆に迷惑をかけるので避けたい。特に主人の前では余計に格好が付かず、後で嗤われそうだ。

ノアが肩を竦めると、主人も一週間前のことを思い出したのか口元に微かに笑みを描いた。

「そのためにペンダントを渡したのだ。――あれから目眩などはあったかね？」

「ありません。寧ろ快調なくらいです。扱いにも大分慣れてきたつもりです」

「結構。だが目眩や虚脱感を覚えたら、必ず周りの者を頼るように」

ノアは頷いた。

「ではリプルの実の採り方を教えよう。コントロールさえ上手にすれば、そう難しいものではない」

「また、あの紫の草のように、一緒にしていたら合体する――とか、ありませんよね？」

怖々と尋ねると、主人はくつくつと笑った。

「そうなれば、収穫もいくらか簡単なんだがな。生憎これはただの果実で、それ以上の力は持っていない。収穫した実は果実酒や料理に使われる」

「よかった。……籠に入れた途端に大暴れされたらどうしようかと思いました」

「果実は暴れん。だが木は別だ」

「――え…？」

さらりと言われて、ノアの顔が引《ひ》き攣《っ》った。

「そ、それは……つまり、襲われることがあると……？」

ここは魔界だ。人知を超えた「何か」が当たり前のように存在している。

「脅えているな」

理性と知性ある主人の、悪魔らしい意地悪で愉しげな視線にノアは呻いた。

「当然ですよ。初日に除草作業という名の化け物退治をさせられたんですから。果実はともかく、木が大暴れしたってなんの不思議はありません」

「確かに警戒するのは当然だな」

ふむ。と、納得した様子で、主人はリプルの果樹に触れると、静かだった木が急にがさがさと音を立てはじめた。

ひ、と声を上げた。

ノアは肩を抱き締めながら方々を見回すと、枝全体が激しく揺れている。強い風に煽《あお》られているような激しい揺れに、ノアはただビクビクするばかりだ。

「また雑食などとは言いませんよね!?」

「言いはしない。大丈夫、これは喜んでいるのだ」

「喜んでいる……？」

こうして会話をしている間にも、主人の周りには枝が蔦のようにしなやかに動いて、そろそろと撫でている。結わえた髪の束や、垂らした横の髪にくるくる巻き付いてじゃれているようだ。

意思のある植物は初日の紫の草で十分見たつもりだが、葉を茂らせている枝がにょろにょろと動く様子はまた不思議なものだ。

　驚きで目を丸くしている矢先、ノアはいきなり頬をくすぐられる。

「わっ」

　ノアが飛び上がって驚くと、果樹が枝を大きく揺らす。すると、果実がまるで鈴のような音を立て、釣られるように他の果樹が枝を揺らしはじめた。

「これは……凄いですね！」

　しゃらしゃら、りんりんと、響く鈴の音に乗って、大気がキラキラと輝いているようだ。

　心地よい日差しに照らされ、オーロラの色を付けた果実が眩く光り、まるで夢のよう。ノアは先程の恐怖も忘れ、目を輝かせながら辺りを見回した。

「リプルの木は警戒心がなく、誰彼かまわず懐いて困るほどだ。だが痛みがあれば怒りもする」

　落ち着け、落ち着け。と、主人はリプルの木を宥《なだ》めながら、それでも絡みつこうとする枝を優しくほどき、小刻みに揺れる実を一つ摑んだ。

「いいか、こうして果実を摑み、反対の手で指先に魔力を込める」

「はっ、はいっ」

　蔦のような枝を払いながら、ノアは頷いた。

「そうして果実の先端部分を一気に、魔力で切るのだ。だが躊躇《ためら》えばそのぶん、木に痛みを与えてしまうことになるから仕返しをされる」

「仕返し……」

その言葉がもう既に恐ろしい。

「枝で鞭《むち》のように引っ叩《ぱた》かれる。手加減しないから相当痛むぞ」

ノアに絡みつく枝の一本一本がすべて鞭になったとしたら、とんだお仕置きだ。

「わあ……それは除草作業のときよりも怖いですね……！」

「私であろうと、木は容赦しない。だからこそ躊躇わず、一気に刈り採ること。痛みさえなければ果実をいくら採ろうと、木は怒らない」

「わかりました。刈るほうの指に魔力を込める……なるほど」

指先に込めた魔力をナイフのようにするのだろうか、とノアはイメージする。

人間界で修業していた頃は、魔力を物理的に使用するなど想像もしなかった。どちらかといえば、召喚の儀式に使ったり、呪術の際に言葉に込めたりするもので、使い方はもっと漠然として抽象的だったような気がする。

これがもし人間界でもできるならば、刃物いらずで咄嗟のことに役立ちそうだ。

そんなことを考えながら、指先をナイフにするイメージをどんどん強くしていく。

「やってみなさい、ノア」

主人の言葉に頷いて、目の前のリンリンと鳴る果実を一つ摑んだ。

「枝の根元を一気に。躊躇わずだ」

「はい。一気に……」

主人が側で見守っていてくれる。これは大きな安心感だ。

もし失敗したら、怒った木に鞭打ちの刑にされる。うっかり主人にまで攻撃が及んだら大変だ。

そんなことはさせられないと気持ちを引き締めて、一気に。——一気に枝の先を切る。

途端、ペチン、と枝がノアの額を引っ叩いた。

「痛っ」

鋭い痛みが走った。しかし叩かれたのは一度だけで、それ以上反撃してくる様子はないが、ビクビクしてしまう。

「もしかして……失敗しましたか？」

大分早くしたつもりだが、それでも駄目だったのだろうか。ノアはヒリヒリした額を押さえながら、しょんぼり気味で主人に尋ねた。

「というより、緊張するお前をからかったようだな」

くっ、とクラン＝カーティが小さく噴き出した。

「か、からかわれたんですか!?」

「見ろ。大喜びしているだろう」

台風かと思えるほど大きく枝を揺らして、果実がしゃらんしゃらんと耳に心地の良い音を立てている。あまりの揺れように、目の前が眩しすぎるほどだ。

「……っ、どうやら、そうみたいですね」

「お前が不慣れと知って、愉しんでいるようだな」

「まったく……わかりやすい反応だなあ……」

ノアはむくれながら言った。

「でも痛くはなかっただろう？」

額を叩いた枝の先を抓《つま》みながら尋ねると、その手に他の枝がくるくると巻き付いてくる。

「印象は良いようだな。では、この木の収穫をお前に任せよう」

「僕が一人でこの木の実を採るんですか？」

巻き付いてくる枝を一方の手で解きながら、その手にも枝がくすぐってきた。

「雑食ではないから安心しろ。好意を持たれれば、梯子《はしご》を使わなくても上まで枝で運んでくれる。その様子ならばきっと大丈夫だろう」

「僕がぐるぐる巻きにされたら、そのときはどうか助けてくださいね」

「ああ」と、主人は頷いて、太い幹に手を触れた。

「この者は私の使い魔だ。気に入ったからといって、あまりからかうな」

主人が命令すると、枝葉ががさがさと音を立てながら上下に揺れている。

「どうやら聞き分けがいいみたいだ。よかった……協力をお願いするよ」

細い枝を撫でながらノアが言うと、嬉しそうにふるふると果実を震わせた。

「では、励みなさい。疲弊する前にペンダントに頼るように」

「はい！」

ノアが元気よく答えると、主人は籠を持ち、別の木の元へと移動していった。

木を見上げると、枝が撓《しな》るほどたわわな果実を見て、声を零す。

「これを一人でするのは、なかなか骨が折れるぞ」

早速ぼやきがでたが、のんびりしては日が暮れる。ノアは袖を捲《まく》り、目に付いた果実から収穫していく。

コツは先程の教えでわかったから、すぐにできるようになったが、指先だけに魔力を込めるなどという繊細な作業は、集中力をかなり必要とする。

先程はからかわれた程度だが、木が本気を出したらどうなるのか。今は好かれているようだが、いつ機嫌を損なうかわからないので、ノアは気を抜かずに採取し続けた。

そうして暫く経った頃——。

「あっ、ありがとう！」

果実をいれた籠を、枝がわざわざ持ってくれていた。

収穫した果実を籠に入れるたび、腰を曲げなければならないのが少し億劫《おっくう》だったのだ。そのたびに集中も切れるし、この手助けはありがたい。

すぐにもペースが上がると、がさがさと音がして全身緑色のふくよかな女性が現れた。

緑色の頭の上にお団子一つ結わえ、生成りのワンピースにエプロン姿の、おそらく三十過ぎの女性だろうか。全体的に人のディテールと同じで、違うのは肌と髪の色こそ緑というところくらいだ。他には耳の先が尖り、ドレスの裾から鉤《かぎ》型の尻尾が付いていた。

「初めての収穫作業だと聞いて心配してきて見たけど、上手ねぇ」

「あっ、ありがとうございます！」

聞けば、果樹園の園長だという。名はカザキと、教えてくれた。

「ここの子は大体人懐っこい子ばかりだから心配はないんだけど、少しちょっかいが過ぎるからねぇ。ああ、でも随分と懐かれたみたいだね。良かった良かった」

ノアの様子に二度三度と頷いて納得した様子のカザキは、籠を枝に持たせて、同じ木を収穫しはじめた。

すると、どこからか羽音がして、トンボの羽がついたトカゲ顔の男がリヤカーを引いてきた。

「採ったのはここにどうぞ」

トカゲ顔の男が言い、カザキとノアは採ったばかりの果実を荷台に入れていく。近くの木で作業していた者たちも籠を持ってきた。

「あら！　この子、ご領主様の使い魔って噂《うわさ》の子!?」

頭から髪まで紫色をした女性が、ノアに気付いて声を弾ませた。

「ノア・カーベリーです。宜しくお願いします」

帽子を取り頭を下げると、わっと、近くで仕事をしていた者たちが集まってきた。

誰も彼もカラフルな髪と肌の色をしているが、大体が尖った耳に鉤の尻尾が付いていた。

「お行儀がいいわー。やっぱりご領主様の使い魔っていうだけあるわねぇ」

ねえ、ねえ。と、方々で頷きながらも、その手は止まることがなく、リヤカーの荷台に果実を入れていく。

ノアと違い他の者たちは籠に溢れんばかりにいっぱいで、漸くリヤカーが来た。遅い、遅い。と、文句を言っている者までいた。

「育ちの良さが見えるもの。あなた、上質な香りねぇ。ご領主様と同じ香りだわ」

誰かがくんくんを香り嗅いでくるかと思えば、どれどれ？　ノアを取り囲みだす。

皆が皆、ノアを「ご領主様の使い魔」と認識しているので、もし人間と知ったらどういう反応をするのだろうか。少なくとも「いい匂い」と言われた時点で、黙っておこうと思った。

とはいえ、主人と同じ香りがすると言われたのは、なんだか気恥ずかしい。朝から晩まで一緒にいるうえ、同じベッドで寝ているのだから香りも似てくるのは当然だろう。

その主人は少し離れた木で作業をしていた。

てっきりすぐに屋敷へ帰って、執事と執務の時間に戻るのかと思っていたが、どうやらそうではないようだ。

黙々と手を動かす様子に感心しながら眺めていると、ノアの視線の先に気付いた皆々が「ああ…」

と次々に吐息を零した。

「ご領主様が気になるのねぇ……」

「一途《いちず》な感じ、凄くいい……」

「いいわねぇ、使い魔って。よほど力が強くなければ持てないものねぇ……」

「強い繋がりが必要なんでしょう。そういうの、いいわぁ……」

ほう、と次々と吐息を零して、うっとりしている女性陣。

男性陣はやれやれという顔をして、それぞれの木に戻っていく。

話題の中心であるノアも、なんだか心地が悪くて作業中の木に戻ると、さきほどまで別の木にいた女性陣がわらわらと集まりだした。

「あのっ、ここは僕がしますけどっ」

「こういうのはね、おしゃべりしながら手を動かしたほうが効率がいいの」

カザキが言った。

「そうそう。リプルの実でクッキー焼いてきたから、あとで食べましょうね」

カザキの隣で、紫の女性が頷く。背中には赤ん坊がいて、あやしながら言った。

「うちも漬物があるよ」と、別の女性が白い髪に褐色の女性だ。

「うちはパンを持ってきたから～」と、枝の間から、頬に鱗《うろこ》のある女性が笑った。

「ありがとうございます。すごいなあ……お祭りみたい。いつも収穫するときはこうなんですか？」

カザキに尋ねると、うんうん、と頷いた。

「この時期はこれが楽しみな行事なの。ご領主様も一緒になって、みんなで持ち寄ったものを食べるのよ」

「へえ！　じゃあ、いっぱいおなかを空かせないとですね！」

うきうきすると、「本当よねー」と皆が皆陽気に笑った。

「こんな機会がないと、あたしら領民がご領主様と一緒に食事することなんてないもの。この時期は仕事に料理と、気合いが入るのよねぇ」

ねー！　と、皆が口を揃えた。

「そっか……ご主人様はこうして、皆とコミュニケーションを図っているんだ」

枝の向こうに見える主人を眺めながら、ノアはさりげない心配りに感心した。

獅子の姿は堂々とした雄々しさが格好いいが、人の姿は知的なハンサムで魅力的だ。

時折誰かと話をしているのか、小さく笑みを零したりするさまも、普段より人間味があるようで、ノアの前には新鮮に映る。

人間味――と、思いつつも彼らは悪魔なのだが、それほどノアの目には自然な姿に見えるのだ。

リヤカーが近づくと、主人は作業の手を止めて荷台に果実を入れていく。周囲に使用人が次々と集まるなかで、主人の姿が一際目に付くのは、ノアのひいき目なのだろうか。

日差しを受けて煌《きら》めく髪や、時折白い歯を見せるその愉しげな表情を見ていると、なんだかぽーっとする。

そんな主人に毎夜寄り添いながら寝ているのだと思うと、胸が急にドキドキとしてきた。

「今日のご領主様は長くいてくれるわねぇ」

ふと近くにいた紫の女性が同じように主人を見て呟《つぶや》いた。

「いつもはそうじゃないんですか？」

尋ねると「そうよー」「当たり前じゃない」と口々と言われてしまった。

「ご領主様にはご領主様の大事なお仕事があるんだから、少し作業をしたあとはお屋敷に戻られるの。こんなにも長くいてくれるのは初めてねぇ。本当に珍しい」

カザキが嬉しそうに言った。

「でもご領主様はお昼には戻ってきてくれて皆にリプルの果実酒を振る舞ってくれるのが定番なのよ。だから、こんなに長くいてくれてみんな喜んでいるわ」

カザキの言葉に「ねー」と、女性陣が次々と声を上げた。

「そうなんですか……。どうしてだろう」

もしかして、ノアが何かあったら助けてくれと言ったからだろうか。

一応ペンダントもあるし、リプルの木は人懐っこいようだし、あの紫の草のときよりは心配していない。とはいえ、ここは魔界だ。何かあるのは当たり前のことだと思っているノアにとっては、主人がいてくれるのは本当に心強いが――。

ノアが小首を傾《かし》げたが、女性陣の反応は妙に意味深で、ふふふっと笑い合っている。

「でも一緒に働けるのは嬉しいですよ」

ノアが言うと、「本当ねー！」と皆が頷いた。

「ここのご領主様は本当によくできたお方だわ」

笑いが絶えないなか、カザキがしみじみとしながら、次々と実を採っていく。

ノアも足を引っ張らないよう、必死に収穫の手を早めながら耳を傾けた。

「領民たちも安心して暮らすことができます」

そう言われると、出会って僅か数日の使い魔であろうと、嬉しくなる。

「他の土地のご領主様はそうではないんですか？」

少し気になりそれをカザキに尋ねると、周囲から不満の声が上がった。

「隣のご領主様なんて、高い税金ばかり民に要求するくせに、自分は手伝いもせずに偉ぶってひどいお方だと聞きましたよ」

「魔王様がお怒りになって、今は別のお方になりましたけどね。領土は荒れ放題。そこいらで盗みだの悪さばかりが横行して、そこの領民がジョアロブへ逃げ込んできたとか」

紫の女性が言うと、隣で作業をしていた白髪の女性がこくこくと頷いた。

「そりゃもう、ひどいものでしたよ……。ここへ来るまで、まともな食事もできずで飢え死にした者は数知れず。絶望した者は皆、家を捨ててジョアロブを目指したと」

「そんなにひどいのですか……」

「ええ」と、白髪の女性が頷いて、ノアは驚いた。

悪政を強いる者は魔界も人間界も同じようだ。

「ジョアロブはよそから来た者から見れば楽園です。ご領主様が違えば、こうも土地がかわるかと……」

「そうそう。作物も豊かに実るし、味もいいしねぇ」

カザキが収穫したばかりのリプルの実を小刀でカットして、欠片《かけら》をノアに差し出した。

「いいんですか？　ご主人様に怒られませんか？」

「そりゃあ、一口囓《かじ》って捨ててしまえば怒られるだろうけどね。この木の果実がどんな味かをみるのも私の仕事ですよ。――さあ、どうぞ。お食べ」

「そういうことであれば、いただきます」

カザキの手から一欠片受け取り、囓ってみると柑橘《かんきつ》系の甘酸っぱさが口に広がった。

「美味《おい》しい！　果汁がいっぱいだ」

「果肉を搾り、発酵させて果実酒にするんだよ。実が美味しければ、果実酒も良い味になるの」

そう言いつつ、カザキも欠片を囓る。小刀でさくさくとスライスして、近くで作業する女性たちに配っていく。彼女たちもそれを頬張って、幸せそうな表情を浮かべた。

彼らは悪魔で、ここは魔界なのに、なぜこんなにも幸せな気持ちになるのだろう。

以前は上位悪魔であるクラン＝カーティと契約して、両親や一族に認められたいという野心に燃えていたのに、今はそんなことなどどうでもいいと感じている自分がいる。

生きていれば心変わりすることもあるだろうが、長年抱いてきた野心が僅か数日の経験で関心を失ってしまうなんて、自分でも驚きだった。

それもすべて、クラン＝カーティの人柄や領民に慕われるさまを見ていて、自分の中の気持ちが変化していったのだろう。自分の中にある野心がひどくちっぽけで、どこかみっともなく思えてしまうほどだ。

いつしか収穫した果実で籠が一杯になっていた。リヤカーへ運び、荷台に果実を入れながら、少し離れた木で収穫をしている主人を見る。

爽やかな陽気で頬が先程より上気しているのが遠目にもわかった。

うっすら汗を掻き、時折袖で拭う様子がいつもの姿と違い、やけに男性的に見える。

「いちいち格好いいんだよな……」

ぽつりと呟いて、なんてことを言っているのか急に気恥ずかしくなってしまった。

無意識にペンダントを握り締めると、肌を通して魔力が浸透していくのがわかる。とても肌馴染みのいい魔力だが、主人のはもっとぽかぽかと躰を温かくして気持ちが良い。

まるで主人の感情が伝わってくるような、そんな感じがしたのだ。

普段は知性的で、どこかつれない雰囲気があるような固いイメージがあるのに、肌から伝わり染み

ていく魔力は優しくて、とにかく気持ちが良かった。

また主人に魔力を分けてほしいな。――と、彼の姿を眺めながらふと思う。

主人の存在があまりにも頼り甲斐《がい》があるせいか、甘えたい衝動がむくむくと湧いてしまう。

今では契約をやり直すことより、このまま側にいられることに喜びを感じてしまっている。

（それじゃいけないんだよな……）

ノアは吐息混じりに思った。

自分の甘えを痛感している最中に、ふと主人と目が合った。

反省していたところだったのに、途端に嬉しくなってしまうのだから本当に重症だ。

ノアはペンダントから魔力を少し貰い、果実を摘んでいった。

その手はすっかり慣れたが、気を抜くと急に頭がくらくらとしてきたり、倦怠感や脱力感が襲ってくるので、早めに魔力をもらうことにしている。

そのおかげで作業は順調だ。鼻歌も飛び出しながら、さくさくとリプルの実を摘んでいく。

摘み取ると、別の枝が伸びてきて果実にしゅるりと巻き付いた。そのまま籠へと入れてくれて、とても作業がしやすい。自然とペースも上がっていくが、ペンダントのおかげで安心して作業ができる。

「君は優秀な助手だね。いつもこうなのかい？」

果実を渡しながら尋ねると、「そうだ」と言うように目の前の枝が上下に揺れる。枝が一本終わると、「次はこちら」と新たな枝がノアの前にきて、まるで犬のようだ。

くすくすと笑いながら手を動かしていると、近くで落ち葉を踏みしめる音がした。

「やあ、励んでいるようじゃの」

あのフードの老人が籠を片手にやってきて、別の枝に手を伸ばした。

「あっ、おじいさん。おじいさんも収穫を？」

すぐにも収穫をはじめたが、ノアよりもぎこちない様子に枝が嫌そうにしている。

みんな上手なのかと思ったが、そうではない者もいるんだな。と、ノアはくすりと笑った。

「そうじゃよ。今年は豊作のようじゃな。運び手が忙しそうじゃ」

荷台に山盛りの果実を載せたリヤカーを引っ張る男たちを、老人は眺めながら言った。

「さっき別の木の果実を味見させてもらったけど、とても良い甘さだったよ」

「それはそれは。良い果実酒ができるだろう」

「うん。楽しみだね」

そう答えてみたが、果実酒ができあがる頃までノアは魔界にいるのだろうか？

「それはそうと、今日は顔色が良いようじゃな」

枝の向こうから老人が、ノアの様子を見ていた。

夢のような愉しい時間から、ふと現実を思い出してしまったノアは、「ああ」と自身の頬を撫でた。

「前より顔色がいいのは、このペンダントのおかげです」

そっと石を握ると、じんわりと魔力がノアに流れ込んできた。

「ご領主様からと言っておったな。魔力を固めたものだと」

そういえば前に会ったとき、ちらりと話をしたことを思い出し、ノアは頷いた。

「そうなんです。この石は魔力の結晶なんですよ。僕が魔力不足になったときに、このペンダントに助けてもらうんです」

「ほう！　ペンダントから……それはそれは」

老人が皺だらけの目を見開いて、ノアの持つペンダントをまじまじと眺めた。

「もしかして、この石って珍しいんですか……？」

こわごわと尋ねると、枝を払いながら、「それはもう」と老人まで声を低くする。

「ご領主様が作られたのか、それとも手に入れたのか……どういう経緯でそこにあるのかはわからんが、相当の珍品ですぞ。儂からすれば、おぬしが大切に思われていることの証しでしょうな」

「大切に……そっか」

第三者にはっきりと言われると、気恥ずかしいが嬉しさも強い。魔力も少なく、足手まといだろう思っていたぶんだけ、主人のさりげない優しさがわかって心に染みた。

「そう思っているなら、もっと言葉にしてくれたっていいのにな」

しかしノアがそれを言えば鼻で嗤われそうだ。使い魔の失態は、主人の失態でもある——とも、以前言っていた。契約している以上、互いの感情は伝わってくるものだが、それ以上のものが欲しくなってしまうのは貪欲すぎるだろうか。

「でもご主人様の優しさは僕もわかります」

少し誇らしく答えると、「ほう」と老人が答えた。

「どこへ行ってもご領主様は人気者じゃ。流石じゃのう」

「そうですね。領民には心優しくて気遣いのできる、いい領主なんだってわかりました。学ぶところが大きいです」

そう言うと、老人は感心したようだ。

「おぬしは素直じゃのう」

「素直というか、世間知らずなだけですよ」

落ちこぼれでも、名門カーベリー家に守られてきたのだ。修業以外に苦労したことなど殆《ほとん》どない。

老人の言葉に、ははは……と、苦笑いし、主人の姿を遠目に眺めた。

先程の木から別の木へと移動しているが、ノアが目視できるところにいてくれるのは、気遣ってくれている証だったのか。

主人はきっと、ノアに何かあったときに駆けつけるという約束を守ってくれているのだ。

「……、……」

照れるなあ。

——なんて、口元が緩んでしまった。

なぜこうも、主人のことを考えると、照れたり気恥ずかしくなったり、ふにゃふにゃとした心地になってしまうのか。我ながら不思議な反応だ。

視線を戻し、ふと老人の木の様子を確認するために見やると、枝の陰に小さなヒビが目に入った。

「おじいさん、待って！」

ノアは咄嗟に声を上げ、果実へと手を伸ばす老人を制した。

「どうしたかね？」

老人はまだ気付いていないようだ。

「動かないで。近くにヒビがある」

「おお……」

近づくと、どうやら枝が死角になっていたために、老人の視界からは見えなかったようだ。ノアがそっと枝を避けると驚いた顔をする。

「こんなところに隠れておったか。恐ろしい恐ろしい……」

「僕が処理しますね」

主人から教えてもらったとおりにヒビを消滅させると、老人は安堵の息を落とした。

「感謝するぞ。あんなものに触れたら、今頃どうなっていたか……考えるだけでぞっとするわい」

「風で葉が擦れ合ったか、木自身が実を揺らした際に、枝と実が擦り合ってしまったかでできたんでしょうね。皆にも伝えないと」

「……ああ。皆には伝えておくから安心しなさい。それにしても助かった。儂のような老いた者には、小さなヒビはいささか見付けづらいのでな」

「触れる前に気付けて運が良かった」

一つあるところには二つ三つある、という主人の話を思い出して当たりをくまなく確認すると、更に小さい小指の爪ほどの亀裂を一つ見付け、すぐに処理をした。

「ありがとうありがとう。感謝しきれんよ」

すこぶる感謝され、拝まれてしまった。

「僕ができることをしただけなので……はは」

落ち着かない気分でノアはうなじを掻いた。

それから再び籠を置いた場所へと戻り、延びてきた枝の果実を採りはじめると、ふと疑問が浮かび上がった。

「ねえ、おじいさん。僕が見たのはさっきの亀裂と、あとはもう少し大きなものだったけど、他にもあったりしますか？　例えば動くものとか、丸いものとか、大きなものとかあるんですか？　僕くらいの背ほどのものとか」

「ありませんよ。そんな恐ろしいもの。動くだなんて恐ろしい……」

おお…、と呻いた老人は身震いしてみせた。

「仮にもし、大きなヒビができてしまったら大惨事になりましょう。一人飲み込まれるだけでは足りず、一体どれほどの悪魔が餌食になることやら。おお……おぞましいおぞましい」

「ないと言うなら、それに越したことはありませんが……。……そっか、確かに大きなヒビなんて、考えただけでも恐ろしいですね」

先日といい今日といい、大勢の人たちに交じり作業をしてみて、皆が皆心根の優しい領民だと知ってしまった以上、彼らが不幸になるのは見たくない。

「――ああ、ですが、そういえば……」

「なんですか？」

何かを思い出した老人にノアが尋ねると、枯れ葉を踏みしめる音がして、はっとした。

クラン＝カーティがこちらへ向かっている。

「ご主人様――？」

ノアが零すと、老人が声を潜めた。

「――心当たりはありますが、生憎ここでは言えません」

「えっ、それはなぜですか？」

「ご領主様が箝口令《かんこうれい》を敷いているのです。もし知りたければ今夜、あの中庭でどうですか。日付が変わる前に。秘密の話ですぞ」

「……わかりました。必ず行きます」

頷くと、老人は籠を手に持ち、そっと木を離れた。

別に隠し事などするつもりはないが、クラン＝カーティが箝口令を敷くほどのものとはなんだろう。

ノアの胸には今、野心こそ萎えてしまったが、知識欲と探究心だけは依然健在なのだ。

老人はいろいろとよく知っている様子だし、ヒビの秘密をこっそりと聞いて、いつか魔道書に書き記すことにしよう。

「ノア、作業には慣れたかね？」

傍らで足を止めた主人に、枝が早速懐いてきた。

「はい！　さっきはヒビも処理して、今のところは順調です」

「そうか。ではそろそろ食事にする。果実酒を運ぶのに人手が必要でな。手伝ってくれ」

「はい！　それって僕も飲めますか？」

皆が愉しみにしている果実酒だ。ノアが興味津々で尋ねると、主人が籠を手に持ち眉を顰《ひそ》めた。

「子供に酒は飲ません」

「こっ、子供じゃないですよっ、これでもれっきとした大人ですから！」

嫌味だか冗談だかをさらりと言われてノアがむくれると、主人は軽快に笑いだす。

「そうだったか。すっかり忘れていたな」

「忘れるって！　この通り、見ればわかるでしょうにっ」

「見ても、子供のようだがな」

「ひどい！」

ノアが主人の後ろを付いていきながら苦情を言う。尚も笑い声を上げる主人は、リヤカーへと向かった。

主人はどうやら今日、ご機嫌なようだ。

子供扱いされてむくれつつも、ノアまで浮かれていた。

＊

今夜も同じベッドで主人と眠るノアは、暗い部屋の中で目蓋を開いた。

昼間の収穫作業の疲れが眠気を誘ってくるが、ヒビの秘密が聞けるかもしれないという好奇心が、寝落ちしそうになるたびノアに頬を抓《つね》らせた。

そろそろだろうか……と、そっと頭を起こしてサイドテーブルの置き時計を見る。

時刻は日付が変わる二十分前だ。

これ以上寝たふりをしていたら本当に寝落ちてしまうというところで、耐えきれずに目蓋を開けたら丁度いい時間だ。

音を立てずに振り返り、ノアは主人を見た。

クラン＝カーティは仰向けの状態から微動だにしない。寝息も聞こえてこないし、そもそも悪魔が眠るのかもよくわからず、主人の顔に近づいて寝息の有無を確かめようとした。

目を閉じていても端正な容貌だ。見つめていると急にそわそわと落ち着きがなくなってきて、ノアは逃げるように顔を反らした。

起こしてしまってはすべてが台無しになる。そう思い、主人から静かに離れようとしたとき、少しの違和感を覚えた。

今までだって、トイレへ行くために何度かベッドを降りていたのに、今夜に限ってこんなにもこそこそしているのだろう。寧ろトイレに行く風を装い、出て行くほうがずっと自然ではないか。

気持ちを落ち着けて、トイレに行くかのように自然な動きでベッドを降りる。

首から下げていた緑石のペンダントが、しゃら…と、微かに音を立てて胸に落ちた。咄嗟に握り締めて、息を潜める。

なるべく自然にと意識をしてみたが、無意識に足音を忍ばせてしまっている。

年甲斐もなく真夜中に冒険へ行く気分で寝室を出る。

どうにかして音を立てずにドアを閉め終えると、ふー…と、大きな息を零した。

人気のない静かな廊下は燭台《しょくだい》の火が点々と灯されていて、安心感を覚えた。

寧ろ森で迎える夜のほうが、よっぽど恐ろしいような気がする。

（結局まだあの森で一夜も明かしていないんだな）

ノアはふと思った。

魔界での暮らしが愉しすぎるからか、戻ろうという気力がイマイチ湧いてこない。

なぜ人間のノアが魔界へ飛ばされてきたのか、未だ原因も不明だ。本当なら収穫の手伝いをする時間があったら、戻る方法を探すべきなのだ。頭ではわかっていてもどうにも感情が動かない。

両親はノアが悪魔と契約できず、一ヶ月後には戻ってくると思っているはず。そうはなるまいと誓い、クラン＝カーティを召喚する賭に出たのに、別の意味で帰れなくなっている。

本当なら、頼もしく成長した息子の姿を見せてやりたいのに、巧くいかないものだ。

西の森にノアがいないと知れば、心労で倒れてしまうかもしれないと想像すると、少し悲しくなった。

ノアは森での新たな生活のことを思い、未だ任務をはじめられないことに今更小さな焦りを覚えた。

中庭に着いても、まだ老人の姿はなかった。

屋敷の中の庭には月明かりが差し込み、葉が淡く光っている。

柵に凭れ、ノアは美しい庭を見た。

幻想的な光景だ。主人がここにいたら、詩でも朗読しそうな雰囲気がある。

主人は出会ったときより、ノアに対する態度が柔らかくなったような気がする。

ノアの気のせいかもしれないが、果樹園で冗談交じりに笑った様子は、出会った日にはけっして見られなかった。とても印象的だったし、本当はとてもよく笑う方なのでは？　とも思ったほどだ。

はじめこそ警戒色が強かったのに、その変わりようはノアまで嬉しくなるほどだから相当なのだ。ノアもすっかり懐いてしまい、ついつい言葉が乱れてしまう。そのたびに注意されるのに、すぐに気を許してしまうのだ。

今の自分は、羽のある獅子に懐く子犬――みたいな、そんな気分だ。

度々子供扱いされるのは不満だが、それも主人の愛にさえ思えるのだから、すっかり懐いてしまっている。

これでは子供と嗤われても仕方がないな。

そう、ノアがくすりと微笑《ほほえ》むと、葉の陰から伸びてきた手にいきなり胸元のペンダントを掴まれた。

「えっ⁉」

緑の宝石を鷲掴《わしづか》みにされて、はっとする。

葉の陰から伸びてきた手は、老人のものだ。

「えっ⁉　お、おじいさんっ！」

ノアの声を無視して、老人の手がペンダントを容赦なく引っ張っていく。

鎖が今にも引き千切られそうだ。うなじに食い込んでとてつもなく痛いが、老人が突然こんなことをしてきたことにノアは激しく動揺して混乱している。

「おじいさんっ、待っ、……落ち着いて！」

ノアが叫んでも老人は無言のままだ。

「そんなにこれが貴重なの？　おじいさんが乱暴なことをしてしまうくらいに、高価な物だっていうの!?」

そんなに欲しいのであれば、もし自分の物であったらきっと渡している。

こうまでして奪い取りたいというなら、困っていることがあるのだろう。けれどこれは、主人から預かっているものだ。ノアにも渡せない大切な理由がある。

「駄目なんだ！」

ノアは尚も強く言った。

「これはご主人様から預かっている大事なものなんだ。だからあげられない！　それ以外のことなら協力するから、どうか諦めてくれ！」

肉路に食い込む鎖の痛みに顔を顰めながらノアは訴え、そして老人の腕を摑んだ。

「おぬしはあまいのう」

フードの中で老人が、ぐつぐつと不気味に嗤いだした

「っ、おじいさん……っ」

なんて悪意に満ちた笑みだろう。

そこで、ノアは今の今まで老人の顔をまともに見たことがないことに気付いた。――というよりも、はっきりと老人の顔を覚えていないのである。

「えっ…？　これって……？」

ノアの感覚が狂っていくのがわかる。

老人も悪魔だ。この違和感は魔力の効果か何かだろうか。

「おじいさん、僕に何をしたんだ」

「何も。――世間知らずの坊やが勝手に懐いてきただけだろう」

「なっ……っ」

くく…と、黄色い歯を見せて嗤う老人に、ノアはカッと頬を熱くした。

「おお……忘れておった。このフードは見た者の望むように姿を変えてくれる逸品でな。おぬしにはさぞかし温厚な老人に見えたのだろうなぁ」

老人がもう一方の手でフードを下げると、こめかみから二本の太い角が突き出た容貌が露《あら》わになった。

「ぁ……――っ」

土気色した皺だらけの顔に填まる窪《くぼ》んだ眼窩《がんか》は憎悪を感じさせ、その不気味な笑みは一目見たノアに恐怖を植え付けた。

「よこせ、小僧。その石は儂がもらう」

「い、嫌だッ。絶対に渡さない！」

その手に渡ったら最後、絶対に良からぬことに使われると直感が教えていた。

ノアは老人の腕を摑み、引き剥がそうと力を込めるがびくりともせず、うなじに食い込む鎖には焼けるような痛みを与えられる。

「このままでは首が飛ぶやもしれんな」

「だとしても、絶対に僕の手はお前の手を離しはしない……ッ」

ノアの言葉に老人は、ぐぐぐ…っ、と不気味な笑い声を上げる。

「その程度の力では儂の手は解けまいよ。――ならばよかろう。別の手だ」

ギッ――、と宝石を握る老人の手から鈍い音がした。

「えっ……え…？」

ギギギ…、と微かに聞こえる軋《きし》む音に、ノアはハッとした。

「駄目だ！　駄目！」

慌てて、宝石を掴む老人の指を引き剥がそうと躍起になる。

主人が言っていた。これは膨大な魔力の結晶で、もし亀裂ができたら最後、それが一気に噴き出てしまう、と。

しかしノアの焦りとは裏腹に醜悪な老人の手は力強くて、台座の歪《ゆが》む音が静まると、ピキピキと宝石にヒビの入る甲高い音が立て続けに聞こえてきた。

「やめろっ、そんなことをしたら――――ッ」

大量の魔力が一気に噴き出てしまったら。

溢れ出た膨大な魔力が葉や木々に擦れてしまったら。

きっと、数え切れないほどのヒビができてしまう。

最大のピンチの前で、老人は勝利を確信したのか、げたげたと笑い出した。

「見せてやろう。お前の背丈ほどのヒビを」

「――――ッ」

「ジョアロブの者たちが一人残らず吸い込まれてしまうやもしれんなぁ！」

「そんなことをしたら、あなただって巻き添えを食らだろう!?」

「儂のことなどどうでもよいのじゃ。儂の顔に泥を塗った忌々しきクラン＝カーティに一泡吹かせれば、それで本望じゃて」

「そんな…っ。あなたは一体……！」

げたげたと笑い、老人がそう叫んだ直後、横から大きな手が老人の細い手首を摑んだ。

「ヒッ、クラン＝カーティ！」

老人が声を引き攣らせて叫んだ。

「また性懲りもなく現れたか、老牛め」

「ご主人様……！」

その高貴な姿を見た途端、ノアの涙腺が決壊した。

一体どれほど不安だったかわからない。そして主人がどれほど安心させてくれる存在なのか、たった今ノアは痛いほど知った。

好奇心は猫をも殺すと言うが、「秘密」に惹かれてベッドを出たことを激しく後悔した。同時に自分が主人をどれほど求めていたのかも――。

「己の領民に愛想を尽かされた不名誉を味わっても尚、まだ改心することはないか」

「我は我の望む統治を行っただけのことじゃッ。領民は領主に尽くしてこそ存在意義がある。それをお前が根こそぎ奪ったのだろう、忌々しい獅子め！」

「お前の言う通り、私も私の望む統治を行っただけのこと。逆恨みも甚だしい」

主人はそう言うや、老人の腕を容赦なく振り払った。その勢いで老人は吹き飛ばされて、木陰に尻餅をついた。途端に老人を取り囲む枝枝が蔦のように動きだし絡みつく。

「ヒッ！　ヒッ！」

老人が必死に腕を振りながら蔦を解こうとするが、それ以上の勢いで次々と巻き付いてきた。まるでリプルの木の枝のようだが、老人に絡みつく細い枝には大人の爪ほどの長い棘《とげ》があり、容赦なく食い込んでいく。

「わ、儂を殺すのかッ。仮にも六つの地の主人の一人ぞ！　魔王様より土地を預かる、選ばれし者じゃッ」

老人は唾を飛ばしながら叫ぶ。

その様子を主人は冷ややかに見下ろした。

「誤解するな。その蔦は私が命令したのではない。――魔王だ」

「な、に…？」

ぎゅるぎゅると巻き付く枝が擦れて音を立てる。

老人は抗いきれず勢いよく枝に巻かれていき、気が付けば顔以外簀巻《すま》きの状態だ。その顔にも枝が這《は》っており、目と口だけがかろうじて見えるほどにまでなっている。

「どうやら貴様の愚行に魔王は腹を立てているようだ。――折角《せっかく》の機会だ。直接思いの丈をぶつけてくるがいい。それを魔王がどう判断されるのか。私が知ることはないだろうがな」

「なっ、なっ、魔王様が……！　ひぃいい……――！」

引き攣った悲鳴が蔦に飲み込まれると、老人の下に真っ黒な穴が突然現れた。そのまま細い躰は鈍い呻き声とともに真っ逆さまに落ちていってしまった。

――そして、ノアが気が付くと再び静かな庭に戻っていた。

「あ…、……え……？」

それはほんの一瞬の出来事だった。

先程まで老人がいた場所をしきりに見ても、穴など見当たらず何もなかったような静けさだ。

今のは夢だったのだろうか――？

にわかに信じられない出来事を確認しようと、主人を見る。

「いかんッ」

「え…？」

だが、こちらを見た主人が金色の目を大きく開いて叫んだ。

そして次の瞬間、ノアはペンダントの存在を思い出した。

「あッ、石が」

咄嗟にペンダントを掴んだそのとき、手の中で緑色の煙が凄まじい勢いで噴き出しながら、ノアの前髪を擦った。

「あ…！」

月明かりが一気に緑色になったような、そんな気がした。

この世界が次から次へと驚きがやってくるところだと知りながらも、いざその段になると、ただただ驚かされてしまうことばかりだ。まるで月を塗り潰すかのように噴霧した魔力の美しさに、ノアは目を奪われた。

しかしすぐにも我に返ったノアは、噴き出す魔力を抑えるためにペンダントごと胸の中に抱き込んだ。

「――！　ノアッ、やめなさい！」

主人が叫ぶ。

こうしている間にもノアの腕や胸の隙間から魔力が噴き出てきて、その凄まじい量と勢いに木々が激しく揺さぶられているのが見える。

「駄目だ！　動かないで……！」

木々に向かいノアは叫んだが、無数の葉擦れによってバチバチと黒い火花が飛びはじめた。

「おのれ…、ヒビができたか」

「ごめんなさい……。僕がそそのかされてしまったばかりに、こんなことなってしまった！」

「話はあとだ。ノア、今すぐペンダントを離せ。お前が魔力に潰される」

主人の言葉に、ノアは歯を食い縛りながらかぶりを振った。

「ノア、これは命令だ」

「嫌です！　絶対に嫌だ！」

「ノア！」

「ご主人様の命令でも今回は聞けません！　ご主人様は早くヒビを処理してくださいッ。このままでは大惨事になってしまいますッ」

ヒビは瞬く間に成長し、じきにノアの背丈を追い越しそうなほどになった。

月明かりを受けながら、一切の光を持たない漆黒の亀裂は、ごうごうと音を立てながら無差別に吸収しようとする。その威力は凄まじく、中庭の枝木が激しく揺さぶられ、バキバキと折れていく音を立てた。

少しでも気を抜けば二人とも吸い込まれてしまうだろう。

ここには二人しかいないが、館には執事のゴートも、他の使用人たちも暮らしている。

これ以上ヒビが大きくなれば館ごと――もしかしたら、領土ごと飲み込まれてしまうのではないか。

「ご主人様！」

ノアは叫んだ。

「――わかった。ノア、あとで説教だ」

「……っ」

ノアは、くっと噴きだした。

「こんなときまで、冗談を言えるんだ」

大事に守ってきた領土が一夜にして無になるかもしれないのに、説教だなんて。

無事に処理できるという、絶対的な自信を示しているのだろうか。

ノアが言うと、主人は「馬鹿者」と短く言った。

「冗談ではない。私は本気だからな」

こちらを指して言い、主人は一歩前に出る。

あとで説教をされると想像したら少し怖いが、そういう主人の姿はとても頼もしく感じられた。

前に立った主人は、大きく手を広げながらノアの背丈もある大きな亀裂に立ち向かった。

一度では無理だと判断したらしく、裂けた空間を少しずつ削るように巻き込みながら処理していくが、そうしている間も亀裂は新たに出来上がってしまう。

しかし焦ればミスを犯してしまう危険がある。慎重に、かつ的確に――と、主人の背中からも集中しているのがよくわかった。

こんなピンチでさえ、臆す様子もない主人の姿はノアの目に心強かった。しかしそんな主人の死角を突いて、彼の背後に五センチほどの亀裂が生まれたことに気付いて、ノアははっとした。

「ご主人様っ」

ノアは咄嗟に手を伸ばし、小さなそれを消し去った。

主人が振り返り、小さく笑みを浮かべる。

「私の背中は安心して任せられるな」

「……っ、はい！」

そんなことを言われると嬉しくなってしまう。しかしすぐに気を抜けば、緑石から溢れ出る魔力に飲み込まれてしまいそうだ。

ごうごうと吹き荒れる風を全身で受けながら、ノアは未だペンダントから噴き出る魔力を抑え込もうと必死だった。噴き出る勢いのせいか、隙間からどんどんと溢れ出てしまうことにノアは焦る。

（駄目だ。こんなんじゃ魔力を抑えられない…っ）

ノアは歯を食い縛り、自身の魔力で包み込むようなイメージを作った。

――トマトソースで炒めた挽肉《ひきにく》をパイ生地で包む感じだ。

西の森へと旅立つ前に、カーベリーの専属料理人に教えてもらったのだ。

料理人からは「坊ちゃまには難しいですよ」と再三言われたが、自分の好物だからとメモを取りながら懸命に覚えたメニューだ。

まさかこんなところで役立つとは思わなかったが、とにかく包み込むようだと頭の中で繰り返す。

そのイメージを強化しながら全身に魔力の膜を張っていくと、次第にペンダントから噴き出ている魔力が、逃げ場を探してノアの中へと入ってきた。

「――っ、……っ」

膨大な魔力がノアの躰の中に一気に吸い込まれていく。

全身が驚いているのがわかった。細胞の一つ一つにまで魔力が染みこみ、血の流れとともに魔力が隅々まで行き渡っていくが、それでも足りずに、髪の一本一本まで、産毛の、睫毛《まつげ》の一本一本まで、魔力が逃げ場を求めて全身を駆け巡っている。

このまま許容量以上の魔力を取り込んでしまったら、ノアの躰はどうなってしまうのだろうか。主人の言っていたように消滅してしまうのかもしれない、と急に不安になったが、脳細胞や神経にまで満ちていく魔力のせいですぐにも恐怖が吹き飛んでしまった。

怖くなっても、すぐに恐怖が消えていく。何が何やらわからない感覚だ。ただただ圧倒されて、きっと自分が破裂しても気付かないのではないだろうか。

それはとても恐ろしいことだが、しかしペンダントに封じ込められている魔力の暴走をノアが止められたら、庭師のルコや果樹園の園長カザキ、それに紫や白髪の女性たちの笑顔が守られるのだ。

執事のゴートとて、主人の仕事になくてはならない存在なのだ。だから守りたい。

主人と空を飛んでいたときに手を振ってくれた領民や、果実酒を美味しい美味しいと喜び飲んでくれた者たちを一人も逃すことなく助けたい。

この土地を、民を守るということは、結果的にノアのいた世界を、森を守ることになるのだ。

――なにより、主人を守りたいという気持ちが、ノアを懸命に耐えさせた。

目の前で主人が全身に魔力を滾《たぎ》らせている。その凄まじい勢いに髪がたなびき、黄金の眩い光に包まれる。

それすら薙《な》ぎ払ってしまいそうなほどの強大な緑色の光がノアの視界を塗り潰していく。

巨大なヒビを消滅させるために懸命に動く主人を、ノアはじっと見守っていた。

巨大すぎるそれは一度に消滅させられず、削っていくように徐々に小さくするしかないようだ。だが少しでも気を抜けばまたすぐにも近くのヒビを吸収して、瞬く間に大きさを付けていってしまう。

（ご主人様……！）

どうかご無事でありますように。

そして、誰にも被害が及びませんように。

ノアは切に願い、胸の中で弾けるペンダントを握り締める。

（僕だって、絶対に……ジョアロブの悪魔たちを守るんだ……！）

噴き出た魔力の勢いは止まらず、行き場を失ったかのようにノアの中で荒れ狂う。

次第に視界がぐらぐらと揺れはじめ、強烈な目眩にも襲われたが歯を食いしばり耐えた。

ここでもしノアが気を失えば、ペンダントから噴き出てくる魔力を抑える膜が消えてしまうかもしれない。そうなったら、懸命にヒビを処理している主人の足手まといになってしまう。

「……絶対に駄目だ」

それだけは嫌だと、ノアは必死に堪えた。

視界が激しく歪み、主人の姿ははっきり視認できない。

けれど、黄金に輝く魔力の光だけはノアの前にはっきりと見えて、それが灯台の光のように心強かった。

「……っ」

立っていることもままならず、ノアは地面に膝《ひざ》を突いた。その勢いで手を突くと、また強烈な目眩が襲ってきて、上下左右、前後がわからなくなってしまった。

(駄目だ……)

恐怖の中、ノアは胸の内で呟いた。

主人と離れたくない。消滅したくない。

強く祈ったが、もう躰が言うことを聞いてくれない。

「ノア！　ノア・カーベリー！」

クラン＝カーティが叫ぶ。

離れたくない。

強く強く願い、時折見せる主人の笑顔を思い出しながら、ノアは意識を手放していった自分の意志とは関係なく沈んでいってしまう意識をもどかしく思いながら、ふと違和感を覚えた。

（この、落ちる感覚、僕は知っている……）

でも、どこで覚えたものなのかはわからないままだった。

＊

――クラン＝カーティの前には、生まれてまだ数日と経たぬ赤ん坊がいた。

随分と愛情をかけられているのだろう。上等な布が使われた白い服を着せられた赤ん坊は、緻密な彫刻に彩られたベッドに横たわっている。

クラン＝カーティの姿に気付くと、赤ん坊はライトブラウンの澄んだ瞳でじっと見つめてきた。

〈これは、なにかね？〉

愉しみな読書の時間に主人から喚ばれ、仕方なく魔界より現れたクラン＝カーティは、つぶらな瞳を凝視する。

「赤ん坊だ、五日前に生まれてな。可愛いだろう――。ノアと、先代の名をつけた。カーベリー家の大事な跡取りだぞ」

　そう言うリチャード・カーベリーは、目尻を垂らして好々爺《こうこうや》の風貌だ。

　その赤ん坊は生まれたばかりにしては随分と周囲を理解しているのか、クラン＝カーティをじっと見つめて、小さな手を伸ばしてくる。

「流石じゃのう。目はまだ見えてはいないはずだが、お前の存在が気になるようだ」

　孫を感心するのは結構だが、クラン＝カーティにはなぜ喚ばれたのかその理由が見当も付かない。

　更にクラン＝カーティを怪訝にさせたのは、リチャードの息子とその妻が二人、並んで赤ん坊を見ていることだ。

　ここ「東の森」は、希代の天才と呼ばれる魔法使い、リチャード・カーベリーに守護されている。

　以前は都を守る魔法使いとしての職務に就いていたが、自身の老いに気付くと、息子に家を継がせ、「森の守護と変わりたい、もし叶《かな》えられないようであれば引退する」と国王に直訴して、深い深い森の中での隠居生活を楽しんでいるのだ。

　それを謳歌《おうか》するあまり、使い魔であるクラン＝カーティに草毟りを命ずるのは些《いささ》か腹に据えかねてはいるが。

　そんな老人の元に息子とその妻が訪れるのは、久し振りのことだろう。

　赤ん坊のお披露目――と言うには、少々重い空気だ。しかも戦いではない場に使い魔のクラン＝カーティを喚ぶとなれば、何かがあることは容易に想像ができる。

「クラン＝カーティ。お前に頼みたいことがある。ノアの魔力を奪ってはくれんか」

〈この赤ん坊の、かね？〉

戦い以外での頼まれ事はままあることだ。こちらとしては不本意だが、使い魔になることを認めた以上、断ることもできない。

今度はなんだ……と、少しばかり警戒して問いかけながら、なるほどとクラン＝カーティはすぐさま察した。

〈無事成長すれば、リチャード、お前を凌《しの》ぐ魔法使いとなろうに〉

ううん、とリチャードは無精《ぶしょう》髭《ひげ》がうっすらと生えた顎《あご》を撫でながら唸った。

「本当に惜しいことだが、悪魔のお前ならばわかるだろう。この子の持つ魔力は人が持ちえる量を大幅に超えている。生まれてまだ五日だが、もう既に暴走の兆しが見えておるのだ」

「産声とともに屋敷中のガラスが砕けてしまったんです。制御できないせいか、感情が高ぶるたびに何かを壊してしまう」

息子がクラン＝カーティに向かい、訴えた。

「屋敷の使用人たちも脅えています。このままではいつ怪《け》我《が》人が出てしまうかわからない」

その隣で息子の妻がレースのハンカチでそっと涙を拭っている。

「天才であることは間違いないがのう。いきすぎた才能は災いとなるだけだ」

リチャードは言った。

〈それで私に、魔力を奪えと言うのだな。封印ではなく〉

「赤ん坊の頃の魔力は不安定だからな。仮に封印が成功したとして、この子に大きな負荷がかかったとき、どうなってしまうのか我らには予測が付かん」

間違いなく一族の歴史に名を残すほどの魔力を持つ子だというのに、リチャードは覚悟を決めているようだ。それは赤ん坊の両親も同じだった。

「我らは優秀な魔法使いを乞うているわけではない。健やかに育ち、人並みに幸せな人生を歩んでくれる子を慈しみたいのだ」

リチャードが言い、若い夫婦は頷いた。

〈奪った魔力はどうする〉

「クラン＝カーティ、お前に任せたい」

酔狂な言葉に、クラン＝カーティは血迷ったかといわんばかりの目を、リチャードに向けた。

〈——正気かね？　私は悪魔だ。膨大な魔力など宝も同然。これを使って人間に一体どんなことをするかわからんというのに〉

「そう儂に尋ねている時点で、お前は信用に足るということだと思うのだがな」

〈……〉

クラン＝カーティは黙り込み、じっと目を細めた。

事実、たかが赤ん坊の魔力を奪ったからといって、それを悪用する気など到底ない。

だが、それでもクラン＝カーティは悪魔であり、けっして全幅の信頼を置くほどの善なる者ではないと、この主人は理解しているのだろうか。

「ノアもお前に懐いているようだ。興味津々で見ておる」

ふと、老人は言いながら、赤ん坊を見た。

生まれて間もない赤ん坊は母親ではなく、なぜかこちらへ向けて小さな手を伸ばしている。

その小さな躰に膨大な魔力を湛《たた》えているというのに、クラン＝カーティの存在がただならぬ者だと気付いていないのだろうか。――それとも、そうと気付きながらも興味を持っているのか。

〈わからぬな〉

クラン＝カーティは言った。

〈赤ん坊が懐いているからといって、悪魔である私を信用する理由にしては、説得力に欠けている〉

答えると、リチャードが肩を竦めた。

「お前は悪魔らしからぬ堅物だな」

そう言って呆れているが、揶揄《やゆ》されようが、クラン＝カーティが悪魔であることに変わりはない。

こうしている間も赤ん坊はこちらへ腕を伸ばして、小さな手を開いたり閉じたりしてみせる。

そのあまりの小ささ、脆《もろ》さに、赤ん坊とはすべてが守られるべき存在なのだと教えられているようだ。

クラン＝カーティが手を出すと、「あっ」と母親が声を洩らし一瞬身を乗り出したが、父親がすぐさま制した。使い魔とはいえ、悪魔という存在を警戒しているのだろうか。それともこの獅子の姿を恐れているのか。

柵を越え、赤ん坊の手に触れたのは大きな獅子の前脚だ。力を入れれば鎌のような魔力が飛び出て、柔い肉をたちまち切り裂いてしまうことだろう。

母親が脅《おび》えるのは至極当然のことだ。しかし赤ん坊は臆す様子はなく、寧ろ見えた前脚めがけ触れたそうに手を伸ばしている。

〈度胸のある赤子よ。カーベリーの血だな〉

クラン＝カーティは言った。

その言葉に両親は安堵したのか、すぐに四肢の力を抜いていった。

小さな手が肉球に触れ、指先を摑んだ。あまりにも小さな手で、流石のクラン＝カーティも驚く。同時に赤ん坊の無垢《むく》な無謀さが愛《いと》おしくも思えた。

〈良かろう。命令に応じる。このクラン＝カーティがノア・カーベリーの魔力を奪い取る〉

「頼む」

リチャードが言い、夫婦が深々と頭を下げた。

この祖父にこの両親だ。仮に魔力がなくなったとしても、この子はよき大人になることだろうとクラン＝カーティは確信した。未来なぞ見ずとも、容易に想像できることだった。

そして魔力を奪ったこの子が、どのような人生を歩むのか。

見てみたいものだな。——と、小さな躰から魔力を掬《すく》い取りながら思う。

赤ん坊の魔力は、エメラルドを思わせる濃い緑色をしていた。純度が高い影響だろう、溢れ出るごとにキラキラと細かな光を放ち、部屋の天井を覆うばかりの勢いだ。それでも尚、次々と噴き出てくる膨大な量に、リチャードも夫婦も驚いている。

〈このままでは館に大穴が開くな。大した量だ〉

「感心している場合ではないが、確かにすごいな。私の知るかぎりでも一番だ」

〈多くの天才を生んだ家の血だ。至高の才器が出現したとて不思議ではない〉

しかしクラン＝カーティをもってしても、圧倒される量だ。もし仮にこの魔力を備え、己を召喚した際は喜んで使い魔となろう。そう思わせるほどの美しい魔力である。

〈この量を消滅させるには場所が悪い。――ひとまず〉

手の中へ意識を集中させ、部屋の中に満ちる魔力を一点に凝縮させていった。

赤ん坊から噴き出た魔力はみるみるとクラン＝カーティの手の中で一つに集まり、圧縮されていく。やがて赤ん坊から出尽くして、部屋の中に漂っていた魔力もすべてクラン＝カーティの手の中に集まると、大きな緑色の宝石になった。

それは赤ん坊の拳ほどのサイズで、握るとどくどくと微かに脈打っているのがわかる。

〈今ある魔力をすべて奪い取った。成長するにつれ、それに伴った魔力は得ていくだろうが、今ほどではない。おそらく、カーベリー家きっての落ちこぼれと呼ばれるだろうほどにな〉

「かまわんよ。力によって孤立するより、可愛い孫が健やかに成長するだけで十分」

リチャードの言葉に、夫婦も頷いた。

魔力を奪われた赤ん坊はベッドの中で脱力していた。

〈命に別状はないが、膨大な量の魔力を奪われたのだ、暫くは生気がないかもしれない。だがじきに元通りになるから成長しろ〉

息子の妻が言った。

「ありがとう、クラン＝カーティ」

〈これは魔界で消滅させると約束しよう。私は約束を違《たが》えない〉

「ああ、信じている。頼むぞ」

悪魔を信用する時点で失笑だが、この主人に言われるとまんざらでもない気分になる。

〈命令は完遂された。——では〉

そう彼らに言い残し、クラン＝カーティは魔界へと戻った。

再び静かな書斎へ戻り、人型へと変化した。読みかけの本を閉じ、手の中にある石をじっと見る。これを人間界で処分することは容易い。だが強力な魔力だ。元々魔力を帯びない世界での放射は、磁場の狂いや生態系になんらかの影響を及ぼす可能性があった。

しかし魔界は魔界で、巨大なヒビを作ってしまう危険性がある。

地中深く埋めることも、深い湖の底へ沈めてしまうこともできるが、クラン＝カーティの目には、あのつぶらで純粋な瞳の記憶が焼き付いていて離れずにいる。

「――よかろう。ノア・カーベリーの命が潰えるまで、この魔力は私が預かる。命潰えたときは煮るなり焼くなり好きにさせてもらう」

そう言うと、魔力によって鎖と台座を作り出し、宝石を填め込んだペンダントはクラン＝カーティの首に下げられた。

クラン＝カーティと魔力の主以外、誰にもこの石に気付かぬよう、不可視の術をかけて――。

＊

ノアが目蓋を開くと、寝室の天井が見えた。

シンプルなシャンデリアが目に入り、ここが主人の寝室だとすぐに気が付いたが、そこからは何も考えられず、ただ、ぼーっとする時間が少しの間続いた。

かさり、と紙を捲《めく》る乾いた音がして横を見ると、クラン＝カーティがソファに座り本を読んでいた。

この寝室に自分がいて、そして主人がいるということは、ヒビを消滅することができて、溢れ出た膨大な魔力を抑え込むことができたということだ。

よかった……。と、ノアが安堵すると、ぐらりと強い目眩に襲われて、主人の姿がひしゃげる。

「ごしゅじん、さま」

弱々しく言うと、クラン＝カーティは本から視線を起こし、ノアを見た。

「気分は？」

ノアの目覚めを喜んでくれるでなし、随分と冷静な問いかけだ。

「ひどくくらくらしてます。ぼーっとしているし。大波に揺れる船に乗っているみたい……」

目蓋を押さえると、一層ぐらぐらとしてきて気持ちが悪くなる。

ノアが弱々しく答えると、主人は「そうか」と短く返事をした。その声音は静かな怒りを湛えており、それにすぐさま気付いたノアは改めて自分の行動を恥じた。

「あの……」

すべてはノアの不用意な判断から招いたミスだ。弁解の余地もない。

「自身の魔力の量を理解したうえで、なぜあんな無茶をしたのかね。ノア・カーベリー」

問いとともに、黄金の双眸が鋭く射《い》貫《ぬ》く。

主人が怒っている理由はそれか。と、ノアはすぐに理解したが、あまりの迫力と怒気に「うっ」と呻いた。

「それは……」

「無事なのが奇跡なぐらいだ。あの状況で膨大な魔力を受け止めようとした勇気は認めよう。だが、下手《へた》をすれば今頃命を落としていたかもしれない。事実、魔力に圧倒されて昏倒《こんとう》したのだから」

「昏倒って……」

「あれから三日が経っている」

「えっ、僕は三日も……眠っていたのですか？」

「三日程度で済んだことを幸いに思いなさい。このまま目覚めない可能性もあった」

「うっ……そんな……」

　病気に無縁だったノアにとって、三日も昏倒していただなんて大事件だ。

　青ざめたが、とりあえず目覚めた事実はこうして自分が理解している。未《いま》だひどい目眩だが、呼吸もできているし、主人と会話もできていた。それはまさに幸いなことだった。

「……それでも、ご主人様はずっと僕の側にいてくれたのですか？」

　目覚めないかもしれないと知りつつも、傍らに椅子を置き本を読みながらノアの目覚めを待っていてくれたのだろうか。尋ねると、「当然だ」と静かに答えた。

「私はお前の主人だ」

「……、……」

　自分の使い魔だから心配するのは当然、という意味なのだろうが、理由はどんなものであれノアを心配してくれた事実にぐっときてしまった。嬉しくないわけがなくて、ついつい緩んでしまいそうな口元をきゅっと引き締めてみたが、こぼれる笑みは抑えきれない。

　胸にじわりと広がる安堵感は、きっと主人から伝わってくるものだろう。その温かな優しさに気が付くと、ノアは一層嬉しくなった。

「僕が真夜中にこっそり抜け出たことは怒っていないのですか……？」

「悪魔は誘惑の生き物だ。秘密という誘惑に惹かれるのは自然と理解している」

「ご主人様も、ですか？」

「悪魔であることを隠したつもりはないぞ」

　ノアは急に安堵に襲われて、静かに息を吐き出した。

「僕……ご主人様が箝口令を敷いているというヒビの秘密を聞けるのだと浮かれていたんです。だけど、素直に尋ねればきっとご主人様は答えてくれただろうに、『秘密』という誘惑にまんまと乗せられた。人間界へ戻った暁には魔道書に書き記そうと……探究心と功名心で浮き足だっていたんです」

　おずおずと打ち明けると、主人は眉を顰めた。

「私は箝口令など敷いた覚えはないぞ。しかし、その好奇心はわからんでもない。私とてヒビの秘密が聞けるとなれば、じっとしてはいられないだろう」

　小さく吐息を零して、やれやれ、という表情だ。少しの呆れが伝わってくる。

「罠で驚いた。だって……魔界には優しい悪魔しかいないものだと一方的に信じていたから」

「民が優しくするのは、お前が私の使い魔と知っていて信用があるからだ。突然現れた何者かもわからぬ者を容易くと受け入れるほど、悪魔は愚かではない」

「……うう……少し考えればわかることなのに、毎日優しく接してくれて、つい……」

「育ちが良すぎるというのも考えものだな」

クラン＝カーティが静かにかぶりを振った。

「世間知らずなのは認めます。……欲張ったことも」

「欲の件に関しては悪魔として理解ができる。私が石についての口止めをしなかったことも事実だ。不可視の術をかけていたが、お前が教えたことにより、奴も視認できるようになってしまったのだろう」

「不可視の術？　僕たち以外には誰も見えていなかったのですか？　僕はあなたに出会ったときから見えていましたよ？」

「存在を教えなければ誰にも気付かれないという術だが、私と魔力の主だけは見えるようにしていたから、お前にも見えたのだ。……なんにせよ無事であることは、なによりも代えがたいことだ」

「……ありがとう」

ほんのりと胸に覚えたぬくもりに気付いて、主人の安堵の感情だとすぐにわかり、目尻に涙が滲《にじ》んだ。

「本当にごめんなさい」

「だが、膨大な魔力を一人で受け止めようとした無謀さは看過できん。魔力量が少ないと知りながらも、敢《あ》えての暴挙など理解しかねる」

そこはまだ許してくれないようだ。

一度緩んだ主人の表情がすぐに険しいものになり、ノアは小さく悄気《しょげ》た。

「なぜ魔力を受け止めようとしたのか、自分でもわからないです。ただ本当に咄嗟だったんです。僕の躰に取り込めなかったとしても、それでもジョアロブのみんなを守りたい気持ちで一心だった。それが結果的には人間界を守ることになると思って」

「そこに虚栄心は」

「ないです。そんなこと考えていられなかった。受け止めきれずに霧散してしまう恐怖もあったけど、ただ僕が見てきた民や国を守りたかったんです」

「そうか」

主人の険しかった表情が、またすぐに和らいでいきノアもほっとした。

無謀なことをしたと、もっと怒られるかと覚悟していたが主人から感じられるのは、怒りよりも寧ろ案じてくれる空気だ。それほど強くノアを想ってくれた優しさが伝わってくる。

だからこそ、咄嗟とはいえ無茶なことをしてしまったのだと、ノアはそっと反省した。

「……不思議だね。魔界にいるときのほうが純粋な気持ちでいられるんだ。人間界では自分の力を認めてもらおうと、そればかり考えていた。頭の中はプライドと出世欲でいっぱいだった。落ちこぼれである僕を陰で嗤っている奴らの鼻を明かしてやろうって、そればかり」

魔界へ飛ばされたという事実にショックを受けながらも、一方では誰も知らない魔界の秘密が得られる好機だと、内心興奮していた。落ちこぼれの自分がどうやってのし上がっていくか、一族や世間に認められるか、魔界へ来たこともチャンスかもしれないとそんなことばかり考えていた気がする。

「ここへ飛ばされて暫くはそのようだったがな」

ノアが素直な気持ちを打ち明けると、当時を思い出したのか主人は苦笑を滲ませながら言った。

「ええ、認めます。今だって、ふとそんな気持ちになったりするよ。きっとこれからも」

ほんの少し前の自分のことなのに、なんだか無理をしていたような、背伸びしていたような、そんな感じだ。

「だけどあなたの間近にいてその姿を見ていくうちに、いろんなものがごてごてと塗りたくられていた心が、いつの間にかすっかり身軽になってしまった気がするんです。凄く素直な気持ちでいられる。それが嬉しい」

ノアはにっこりと笑って言った。

クラン＝カーティと出会えて、側にいることで彼の人柄を知りながら、いつの間にか自分まで肩の力が抜けていったのかもしれない。肩肘《かたひじ》張るのをやめて、自然な気持ちになっていったような気がする。

「素直すぎて、時折子供のようだがな。――だが、ノア。お前が素直な気持ちを喜ぶように、私も今のお前が素晴らしいと感じている」

「……っ、……そ、そうなのですか？」

「ああ。心の成長があったと認めよう」

「……うん。ありがとうございます」

彼に褒められるたび、心がとてもこそばゆくなってしまう。

両親に褒められたって、こんな温かい気持ちになったことがないのに、クラン＝カーティは不思議だ。きっと特別なのだ。

——特別。

そう、心で繰り返すと、鼓動が一度だけ大きくなった。

（……？）

今のは一体何だろうか。不思議に思ったが、膨大な魔力を受け止めてしまった頭では、まだ思考が働かない。それでも気になることがあり、ノアは彼に問いかけた。

「あの老人は何者だったのですか？　ご主人様も知っているような様子でしたが……」

「あれは隣の土地の領主だ。今もまだ領主かは不明だがな」

くっ、と蔑むように冷え冷えとした笑みを湛え、主人は言った。

「隣の土地って……確か重税を強いる領主様がいる……？」

「ああ、そうだ。ザネイルという土地で、あの牛の角の老領主はイーツァーと呼ばれていたが。魔王によって領主に選ばれて以来慢心し、随分と横暴を極めていたようだな。あるときから領民が大挙してジョアロブへ逃げてくるようになったのだ」

「でも、それがなぜご主人様が恨まれる理由になるのですか」

「すべて、妬みからくるものだろう」

主人はそう言い、ひどく迷惑そうに眉間に深い皺を描いた。

「私は私の望む領土を創り、それに賛同した者たちがこの土地に住み着いた。ザネイルから逃げてきた者もそれは同じこと。私は等しく受け入れ、住む土地と働く場所を与えた。だがイーツァーにはそれが気に入らなかったのだろう。我が領土へ戦を仕掛けてきた」

「えっ。戦を!?」

妬みから来る逆恨みでそんな大それたことになっていたとは、悪魔の嫉妬も恐ろしい。

主人が頷くと、ノアは驚いた。

「そ、それで、どうなったのですか？」

「愚問だ。答えるまでもない。百年以上も前のことだがな」

その返答にノアは安堵したが、その後すぐにも新たな問題に気が付いた。

「戦に勝ったってことは、またイーツァーさんに恨まれてしまうんじゃ……」

「だから、このジョアロブに身を潜めて、失脚させるための機会を窺《うかが》っていたのだろう」

「……そこに、暢気な僕がほいほいと罠にはまってしまったってことですか」

結果は無事だったが、主人の立場が危うくなっていたのかと思うと、ぞっとする。

「イーツァーは昔から厄介なローブを持っていてな。あれを頭から被《かぶ》ると、見た者の警戒心を解く魔法が込めているのだ。所詮小細工程度で私には効かぬが、魔力の弱い者はかかりやすい」

「……抜群にかかりました」

こんなことにまで無力さを痛感させられるのは、なんとも悲しいことだ。ノアはしょんぼりとして頷いた。

「百年前の戦のとき、イーツァーは敗れたことにより魔力の象徴である羽を失った。――というより、私がもいでやったのだがな。それによって降格したのだ。羽無き、非力な悪魔へと。それはつまり、領主となるべき権利を失ったのと同じこと。以来、ザネイルは領主のいない荒野となったのだ。民は方々に散っていった」

「ザネイルから逃げてきた白髪の女性は、ジョアロブにきたことをとても喜んでいました。ご主人様は大人気で、僕も誇らしかったです」

「ほう。それはそれは」

涼しい顔をしているが、嬉しそうなのは見てすぐにわかる。ご主人様は常に冷静を心がけているようだが、使い魔に感情をぽろぽろと零しているところが妙に愛おしい。

――愛おしい。

ノアはそう思い、どきりとした。

さきほどと似たような鼓動の弾みを密かに訝《いぶか》しみ、そっと胸を押さえる。

「ご主人様、あの石に封じられていた魔力は、誰のものなのですか？」

「――なぜ、それを訊《き》くのかね？」

「わかりません。……ただ、意識が落ちてしまったあと、夢を見た気がするんです。……有り得ないんだけど、僕が生まれたばかりの頃の夢」

嗤われるだろうかと気にしながら、ノアは胸に当てた手をぎゅっと結んだ。

不思議なことに、やわらかな獣毛の感触が手の平に残っていた。肉厚で、微かに爪が当たり、その硬さまで明瞭に思い出せる。少しごわついた肉球の質感、たわわに浮き出た肉の弾力までもが蘇《よみがえ》ってくるのだ。

ここへ来て、まだ一度も主人の肉球には触れていないはずだ。それなのに、手の平にははっきりと思い出せるのは、夢の中で見た出来事しか考えられない。

「そうか、その夢を見たか」

主人は静かに言い、サイドテーブルに本を置いた。

「ならば言おう。あの宝石の魔力は、ノア・カーベリー、お前のものだ」

「……」

淀みのない答えに戸惑い驚く一方で、ぼんやりと覚えている夢の内容を思い出すと、納得している自分もいた。

「……僕の、魔力……」

言い聞かせるように途切れ途切れに言ったノアに「そうだ」と、即座に短い返事が来る。

「僕の……だから、ご主人様の魔力以上に馴染む感じがしたんだ……」

「お前は生まれたときから、一族の中で稀《まれ》なほどの魔力の持ち主と言われていた。多くの天才魔法使いを輩出してきた名門の一族の中でも強大な魔力を持つものだと。総じて言えば、国一番、世界最高の存在かもしれない」

「僕が……そんな」

　夢で見たのは本当のことなのだろう。あれはクラン＝カーティの視点だった。きっと封印された魔力を通じて、ノアに見せたものだろう。

　しかし一族きっての落ちこぼれとして二十年も育ってきたせいで、「稀なほどの魔力の持ち主」などと言われて、すぐに信じられるはずもない。

「……魔力がもっとあったなら、と強く願ってきたけれど」

「驚きを通り過ぎているようだな」

　ふっと、主人が静かに笑った。

「だが、あまりにも膨大な魔力はコントロールは難しいのではないかと、お前の祖父や両親は考えた。生まれた直後から魔力が暴走する片鱗《へんりん》があったらしくてな」

「……なるほど」

　ノアは苦笑した。

「おじいさまも、両親も過保護だから、僕を第一に考えてくれたんでしょう」

「ああ、そうだ。だからリチャードの命令により、私がお前から魔力を奪ったのだ。緑色した、澄み切った魔力をな」

「あなたが……僕の魔力を。……でも処分せず、ずっと持っていてくれた。守っていてくれた」

「守っていたわけではない。単に人間界でも魔界でも、お前の魔力は強大すぎて処分しようにも危険だったからだ」

ふん、と主人は冷ややかに鼻を鳴らし言った。

「身につけていたのは、純度の高い魔力に消滅させるには惜しいと思っただけのこと。私のコレクションにしてもいいだろうと判断したが、それもお前の寿命が潰えるまでの期限付きだった。理解したろう、返す気などなかったのだよ」

「でもご主人様は僕と再会して、そしてペンダントを与えてくれたことも事実だ」

「いつまでも手を繋いでいるわけにはいかないからな。そう言ったはずだ。――しかし宝石は砕け、魔力はお前の元に戻ってしまった」

「もし宝石が砕けていなかったら、僕に返すつもりはなかったのですか？」

「無論だ。仮に魔力を返したとて、その躰が受け止めきれず最悪死んでしまう可能性もあった」

「もし僕が死んでも、ご主人様にはなんの損もないでしょう。それなのに心配してくれたのはなぜ？」

そんなことを訊くつもりはなかったのに、無意識に口を吐いて出ていた。

言った途端にどきどきとして、妙に緊張している自分に気付く。自分は一体なにを期待しているのだろうか。変な感じだ。

「私はお前の主人だ。使い魔は主人の道具であるが、このジョアロブにいる以上は私の守るべき民でもある」

「……そうですか」

なんだか急に落胆してしまったが、その理由はわからない。

「あのときは、流石の私もお前の死を覚悟した。ヒビの処理から手を離せず、助けることができなかったのだ」

ご主人様が落胆とも安堵ともわからない様子で肩で息を落とした。

「だが私の杞憂《きゆう》だったようだな。お前は自身の持つ少ない魔力で、精一杯の努力をしていた。それが我が領土ジョアロブと領民たちを愛おしむからであり、人間界を守ろうという気概であったこと、その姿勢は使い魔以上に誇らしい」

「でもまた僕の中の魔力を奪ってしまうのですか？　だって膨大な魔力なんでしょう？」

「再び奪うこともできるが、やめておこう」

主人は穏やかに言った。

「暴走の危険があるんでしょう？　危なくはないのですか？」

「暴走しそうなのかね？」

「……それは」

自分の胸に手を当てながら少し考える。

躰の中に満ち満ちた魔力は、穏やかな海のように静かに波打っている心地がした。

馴染んでいるが、そのあまりの量ゆえに、今まで少なすぎる魔力をどうにかやりくりしていたノアにとっては、有り余るほどの大きさかもしれないが——。

「量に圧倒されているけれど、でも……とても穏やかで暴走する兆しはないです。むしろ足りなかったピースが埋まったみたいに心地がいい」

「ならば私が案じて奪う必要もない。そもそも赤ん坊には持て余す量だっただけのこと。魔法を身につけて一人前となったお前ならば、きっと使い熟《こな》せるだろう」

「じゃあ、僕は……もうカーベリー家きっての落ちこぼれではないのかな……？」

「魔力の量だけはな。しかし誰彼かまわず信じてしまうようでは、優れた魔法使いといえるかどうか」

「うっ、そこを突かれると、正直痛いな……」

　ははっ、とノアは弱々しく笑って、最後は溜め息を零した。

「……なんだろう。有り余るほどの魔力が欲しいと、ずっと思い焦がれたことだけど、いざ叶ってみるととびきり嬉しいってわけじゃないんだ」

　ノアは困ったように小さく笑った。

「それよりも、ジョアロブの領民と人間界を救えたことのほうが誇りに思えるんだ。魔法使いとしての僕の、大きな勲章になった気がする。なによりも嬉しいって感じているよ」

「ノア……」

「それに、ご主人様に褒められると凄く嬉しい。こそばゆくなってしまうほどに嬉しいんだ。こんな感情、両親に褒められたときですらなかったよ。だから、ありがとうございます、クラン＝カーティ」

「ノア・カーベリー……お前は……」

ずっと胸の中が落ち着かなかったのは、きっとご主人様に心から礼を言いたかったのだろうとノアは思った。

言ったあとですっきりしたような気もするし、まだまだ言い足りないような気持ちもある。だが主人にはノアの強い感謝が伝わったようで、驚いたように声を零すと息を吐きながら深く深く俯《うつむ》いた。

暫くして、ゆっくりと顔を起こした主人の容貌には、なんともいえないくすぐったそうな微笑みが浮かんでいる。その一目見て嬉しいとわかる表情に、ノアは心から安堵した。

「お前は実に興味深い」

微笑みにほんの少しだけ困惑を滲ませた主人は言った。

「お前が功名心や虚栄心から私を召喚しようとしたことが不満で、私は少しばかり意地悪をしてやろうと思っていた」

「そ、そうなんですか？」

「悪魔のプライドを傷付けたのだ。当然だろう」

初耳に驚くノアを前に、堂々と言い切られてしまった。

「初日のあの植物とて、お前の手に余るものであることはわかっていた。いざとなればゴートを向かわせるつもりだったが、そうやってお前のちっぽけなプライドを砕いてやろうと考えていたのだ」

「……確かにちっぽけなプライドだったと思います」

落ちこぼれながらも一人前になり、少し調子に乗っていたのかもしれない。功名を得ることに焦っていた。

「だがお前は見事に植物を刈り、私を驚かせた。少ない魔力ながらも試行錯誤する様子は、赤子が積み木で遊ぶようだったがな」

「うぐ……。でも、あのときはとにかく必死だったんです」

よほど滑稽に見えたのだろうが、それでも主人の期待を上回ることができたのは、ノアにとって大きな誇りだ。

「お前のその必死さが私の心を揺さぶったのだ、ノア」

主人の手がノアの頬に触れる。

男性的で大きな手だ。果樹園の仕事も手伝えるほどに鍛えられ、しっかりとした皮膚の質感は、獅子の前脚とはまた違ってノアをドキドキとさせた。

「お前は確かに虚栄心こそあれど、それ以前に純真さが勝っていた。悪く言えば疑うことを知らない心が、その心がお前を美しくさせる。私にはとても愛おしいと思えたのだ」

「……ご主人様……」

今の言葉は一体どういうことだろうか。と、ノアが静かに目を見開いていると、徐々に触れられた頬が熱くなっていき、鼓動が早くなっていく。これは今まで時折覚えた違和感のそれより何十倍も何百倍もの濃度で、ノアに襲ってきている。

「そして今回の騒動だ。お前の、民と人間を想う気持ちが私に伝わってきたよ。それ以上に、私を想う気持ちにもだ。なんと純粋で強い想いだろうと、愛おしさが込み上げるばかりだった」

「そ、それは……、……」

ノアが使い魔で、あなたが主人だから。

——と言いかけて、なぜか言えなかった。

なぜそう言えないのか、その答えが今はわかる。

ノアは自分でもわかっていた。認めるとか、認めないとかそういうことではなく、このドキドキとした思いの正体の意味がわからずに困っていた、というのが答えだろう。

「ノア、お前が愛おしい。私は永久にお前の側にいたいと願う」

「……、……ぁ、……ご主人様……」

津波のように押し寄せてくる大きな感情に、ノアはくらくらとした。

まだ魔力が躰に馴染んでいないのも原因だろうが、主人の真摯な告白を聞いた途端、ノアの心は大きな歓喜で胸が詰まり、声も出せずにはくはくと口を動かした。

その一方でどんどんと涙が溢れてくる。じっと見つめる端正な容貌の前に、おもわずへにゃりと笑うと、クラン＝カーティがくっ、と喉を鳴らし小さく笑った。

「冗談ではないぞ」

「わっ、わかってますよ、そんなことっ」

ノアの緊張がわかったのか、主人に言われて声を裏返した。

「だって……僕、ご主人様から見ればまさに子供で、ちゃんとした言葉遣いもできないし、そのたびに注意されちゃうし……だけどそれって、ご主人様の側にいるとすごく安心するからで。……悪魔なのに側にいて安心する、ってのも変な話だけど……」

ノアは涙を拭いながら、自身を呆れて微苦笑した。

「確かに、お前は変わり者だろう」

「カーベリーの血です。カーベリー家は皆、あなたに恋をしているんだ。——僕だってそう」

そうなのだ。と、ノアは確信した。

これは恋なのだ。

代々続く家の血がそうさせるのかもしれない。けれど、一族の誰よりも深くこのクラン＝カーティを知ったノアは、彼に夢中になっている。

「僕もあなたが好きです。クラン＝カーティ、どうかずっと側にいてください」

どんな契約だってかまわない。

この想いを秘める理由などノアの中に一つもない。

頬に触れた彼の手に、ノア自身の手を重ねる。

悪魔なのに温かなぬくもりを感じるのは、最早《もはや》種族など関係ないと教えてくれているかのようだ。

「ノア、私と契ることで人間界へ戻れなくなるかもしれないぞ」

「そうかもしれない。……だけど僕は欲深いんです。いつか必ず帰れる方法を見付けますよ。それに膨大な量の魔力も返ってきたんだから、なんなら人間界と魔界を行き来できるトンネルを作れるかもしれない」

「そうか、それは驚きだな。私の杞憂だったか」

クラン＝カーティは軽快に笑い、ふっと優しい笑みを浮かべる。

それは知性と理性を備えた完璧な美貌だった。金色の髪と睫毛が輝きを抱き、時折見せる悪魔の妖艶さや狡猾《こうかつ》さを滲ませる口元が、見ていてノアをドキドキさせる。

ノアとは対照的な大人の雰囲気だ。そんな人にじっと見つめられると、なんとも心地悪いのに、鼓動が跳ねて躰の芯が落ち着きなくそわついてしまう。

「ノア、お前は赤ん坊の頃、その小さな手で私のものを臆さずに握った」

「夢で見たよ。あのときの感触が不思議と手の平に残っているんだ」

「そうか。今思えば、お前に手を握られたあのときから、私はお前のものだったのだろう。同時にお前は私のものだったのだ」

「そ、……そっか……。本当に僕たち……」

言葉の途中で主人に抱き締められて、ノアは目を見開いた。

「…っ」

かーっと顔が一気に熱くなり、首のほうまで熱が降りていく。

くらくらするのは魔力が原因か、それとも主人からの突然の抱擁のせいなのか。ぼーっとするノアには答えが出せないまま四肢を強張らせた。

「わかっていないようならば、今度は行動で示すとしよう。添い寝するだけでは満足できん。契るということもそういう意味だ。――フフ、まだ赤ん坊というわけではあるまい？」

「ち、違うよ。……子供扱いの次は、赤ん坊扱いですか」

ノアは照れ隠しにむくれたが、耳の先まで熔《と》けそうなほどの熱に茹《ゆ》だりそうだ。

「……でも、ご主人様が揶揄するくらいには、僕は恋愛を知らない……」

「見ればわかる。お前がまだ誰にも触れられていないこともな」

「――そっ、そんなことも!?」

「契約とはそういうことだ。深く繋がり合い、互いと交わるのだからな」

「それはわかります。日に日にご主人様の感情が伝わってくるような、そんな感じがしたから」

「ならば結構。――だが、この契約は破棄とする」

「え!?　破棄って……契約解除ってことですか!?」

驚きに声を上げたノアは、こんなときどう反応していいのかわからないまま目を丸くする。

「そうだ。お前が使い魔では、危なっかしいといったらない。魔力も元に戻ったことだし、正式にこのクラン＝カーティが使い魔として契約してやろう」

「――っ」

ノアは驚いた。これは人生の運を使い果たしてまった。

そうでなければ、こんな奇跡と幸運が同時にやってくるはずがない。

彼は最高の悪魔だ。

ノアも強く抱き締めて、その肩に顔を埋めていた。

「僕が、ご主人様ってこと？　なんだかおかしいな」

ふふっ、と笑って、ノアは喜びを噛《か》み締めた。

「たとえお前の命令であろうと、『ご主人様』などと呼びはせんがね」

「このままでいい。名前で呼ばれたい。僕もそう呼んでいい？」

「ああ。私はお前の使い魔だ」

「うん……！」

「ただし」

「え、なにか条件が……？」

「当然だ。たとえ使い魔になろうと、私はこの魔界の一領主であるのだ。正当な対価は要求する」

「……そ、それは……一体……？」

今、ノアに出せる対価と言えば、戻ってきたばかりの魔力か、人間界での知識くらいだろうか。魔法術など悪魔には必要ないだろうし、一体なにを言われるのだろうかとビクビクしつつ尋ねると、ノアを抱き締める手が背中を撫でてきた。

「ノア・カーベリー、お前に触れる権利と、私以外の誰にも触れさせぬという誓いが対価だ」

「〜〜〜っ、……なんてキザなことを言うんですか」

そこは悪魔というところか。ノアが照れるとわかっていて、そんな言葉で挑発するのだろう。

「正当な対価だ。悪魔とて放蕩《ほうとう》や不義理は容赦しない。一途なのだぞ」

「ぼっ、僕だってそうです！　僕は……その、……クラン＝カーティ、あなたに夢中なんだっ。だ、だから、それは当然の対価だと思うし、僕も契約は違えない。誓います」

「素晴らしい返答だ。——ノア・カーベリー、お前は今からこの私、クラン＝カーティ・ウァプラの愛しい主人となった」

そう言うと、彼の吐息が耳の裏を撫でてきて、初めて知るこそばゆさに「ぁっ」とノアは微かな声を零して驚いた。

「そ、それっ。変な感じにするからやめてよ」

からかわれて、ノアは真っ赤な顔で口を尖らせる。

「そ、それがあなたの本当の名前なの!?」

「その通りだ。けっして誰にも明かしてはならない。私とお前だけの秘密の名だ」

「秘密の名……」

その言葉だけで、ドキドキとしてきた。

「秘密は好きだろう。私もだ」

と、その言葉がやけに甘く鼓膜に響いて、ノアはくらくらと逆上せたように唾を飲み込んだ。

「名を教えてくれてありがとう。契約してくれたことで僕の夢は叶ったけど、でもそれ以上にあなたと心を通わせることができたことが嬉しい。……これから、躰もだけど」

最後の言葉を付け足した途端に、恥ずかしさに顔から火が出そうだった。

クラン＝カーティはくつくつと笑って席を立つ。そのままベッドへと上がってきて、ノアの肩の上で手を突いた。

じっと見つめられると、どんな顔をしたらいいのかわからなくなる。

耐えきれなくなり最後は手で顔を覆うと、クラン＝カーティはくつくつと密《ひそ》やかに、しかし愉しげに笑ってみせた。

「笑い事じゃないんだってばっ。僕にとっては人生の一大事なんだよ」

「だからこそ、お前の戸惑いと混乱が愉しくてならんな。目も碌々《ろくろく》見えなかった赤ん坊が、私の下で羞恥に震えている」

「その言い方、凄く悪魔っぽい」

「私など優しいほうだ。——さあ、ノア。お前が次にどうしていいか悩んでいるのならば、私の肩に手を回すことを提案するが？」

「……そ、そうするよ」

ノアは言われたとおり、クラン＝カーティの肩へと手を伸ばし、優しく抱くように回していった。

すると彼は僅かに半身を倒し、距離を縮めてくる。

上品なトワレの香りと、美貌の人にくらくらする。

「……僕、緊張と魔力のせいでまだ目が回っているんだけれど……」

「緊張はともかく、長らく枯渇していた躰へ一気に魔力が流れ込んできたのだから、激しい目眩があるのは当然だ。寧ろその程度で済んでいること喜ぶべきだろう」

「うん…」

恥ずかしくてドキドキが止まらないのに、彼の落ち着いた声を聞くとやっぱり安心する。

「目眩は暫く続くだろうが、これ以上ひどくならないように私が調整してやろう」

そう言われるとすぐにも毛布を剝がされた。

「つまりそれって」

最早限界まで顔は赤くなり、胸の高鳴りがどんどん巨大化していて、心臓が破れてしまいそうだ。

くらくらしながらもわかりきった問いかけをしてみると、白い手がノアの首筋を撫で、金の瞳がうっとりと細められた。

「無垢な若者が脅えながらも躰を開いていくさまは、悪魔を興奮で震えあがらせるほどの歓喜を与えてくれる」

そう言いながら、首筋を撫でた手が鎖骨へ降りていき、寝間着のボタンを一つ二つと外していく。すぐにも前が開いて、胸板が露わになった。

別に男の胸など見られたところで恥ずかしいなどと思ったことはないのに、彼の視線が肌を撫でた途端、ビリビリと電流が走り抜けたような刺激を覚えて、ノアは腰を浮かせて驚く。

「えっ、な…っ」

自分の反応に戸惑い声を零したが、それを聞いたクラン＝カーティは嬉しそうだ。

「幼いながらも、良い反応だ」

また子供扱いして。――と、頭の片隅に悔しい気持ちは浮かんだが、彼に触れられているという事実と刺激があまりにも強大すぎて、最早訳がわからなかった。

今の痺《しび》れはなに？　そんな疑問さえ言うことができず、ただ呆然としていると、いきなり顎を抓まれる。

「世間知らずの反応か？　だとしたらショックを受けすぎだ」

「だ、……だって。今、胸を見られただけなのに、経験したことのない刺激がきたから……。きっとそれ以上のものがくるんだよね……？」

「怖いか」

「怖いか、と聞かれたら……怖くない、多分」

ノアは弱々しく答えた。

「今の僕は、あなたに草毟りを頼まれたときの感覚に似ている。慣れないことに萎縮して、動けなくなっているやつです。僕だって、あなたへの想いを伝えたいし……あなたが喜んでくれるのなら、僕で感じてほしい……。すっごく恥ずかしいけれど」

「それはとても良い思考だ」

そう言い、クラン＝カーティはノアの火照った頬を一撫でした。

肌の上を滑っていく指の感触にさえ、うなじがざわついてしまう。

不慣れな感触がまた一抹の不安をノアに教えてくれるが、そんな感情は必要ないことも頭の隅でちゃんと理解しているのだ。

「それに僕は、あなたの愉しそうな表情を見れのも嬉しいよ。今までのなかで一番にこにこしてる」

「当然だろう。愉しくてたまらない。こうしているだけで、お前が手に負えないほどの羞恥で、鼓動が煩《うるさ》いほど高鳴っているのがわかるからな」

「その余裕が憎らしいな。クラン＝カーティ、あなただって少しは僕にドキドキしてほしいよ」

「しているさ」

左手を取られ、手の平を自身の胸に当てて彼は言った。

布越しでも、とくとくと脈打つ鼓動を感じる。

ノアほどではないが、確かに早いような気がした。

「人のリズムと同じだ。それとも合わせているの？」

「私自身のそれだよ、ノア・カーベリー」

唇に吐息が触れて、はっと気付いたそのときにはキスをしていた。

「ん……」

はっきりとわかる口腔《こうくう》内の熱と、歯の硬さ。間近に目が合ってしまい、恥ずかしさに目蓋を閉じると、唇の隙間から舌が割り込んできたのがわかった。

初めて感じる肉質だ。他人の舌はこう感じるのか……なんて、変なところで感心しながらも、ノア自身のそれと絡み合った途端に、とても淫らな行為がはじまったのだと否応《いやおう》なしに気付かされた。

「は……ふ、ぅ……」

ドキドキがバクバクに変わってきた。いよいよ血が沸騰しそうで、一層くらくらしているが、重ね合った唇の熱くてやわらかな感触が気持ち良くて、うっとりしてしまう。

自然とまたクラン＝カーティに肩へと腕を滑らせる。その間、彼の舌はノアの口腔内を探るように蠢《うごめ》き、舌とじゃれたり甘噛みしたりと、好き勝手だ。

知性的で冷静さが服を着ているような悪魔だというのに、この大胆さは寧ろ感動的で、悪い言い方をすればがっつくようなそんな求愛が、ノアは新鮮でとても嬉しく感じられる。

「ふ……」

徐々に行為自体に慣れてきたのか、ノア自身の躰の強張りが解けていくのがわかった。

四肢の力が抜けると、愛撫《あいぶ》の感触がより明瞭になっていく。時折くすぐったさに肩を竦ませると、彼の舌はそこを執拗《しつよう》に突いたり、舌先で遊んだりしてノアを煽ってきた。

「…っ…っ」

先程までは熱とぬめりにうっとりしていたのに、こそばゆさで落ち着かなくなってきた。行為の最中に「ンッ」と、おもわず鼻にかかった声が出てしまい、酷く恥ずかしい。

だが声を洩らした途端にクラン＝カーティが喜んだのがわかった。

一瞬彼の躰が強張ると、急にくちづけが深くなり、強く舌を吸ってくる。

「んっ、んぅ、ん…っ」

吸われるたび、なぜか股間が微弱に疼きが走る。尾てい骨まで痺れて、変な心地だ。

更に強く舌を吸われ、舌の上や裏を丹念に撫でられれば、その蕩けるような刺激と勢いにノアの躰はふにゃふにゃと脱力していく。

彼の肩にしがみついている腕にも力が入らず、シーツの上にぱたんと落ちたころ、漸く彼の唇が離れていった。

「……すごい」

ノアは吐息を浅くしながら言った。

舌と唇を散々甘噛みされて、その言葉をちゃんと言えたかも怪しい。

「……愛し合うってすごい」

両親や友人と恋人たちが親しげにキスをしていたのとはわけが違う、くちづけで深く混ざり合う行為。こんな濃密なキスを覚えたら、彼の唇を目にしただけで躰が火照ってしまいそうだ。今もすっかり躰の芯が熱くて、爛《ただ》れそうになっている。

ノアにはまだ知らない世界が山ほどあるのだと、一度のくちづけで痛感してしまった。

「随分とわかりやすい反応で、なんとも愛らしいことだ」

唾液に濡《ぬ》れた唇を拭い、クラン＝カーティが口元に笑みを浮かべた。

今まで見せたことのない餓えた笑みから彼の興奮がわかり、はっきりと感じる肉欲にノアまで煽られてしまう。

「僕だってセックスは知ってます。だけど殆ど知識も、経験もないんだ。……魔法の勉強に明け暮れていたから。……これ以上、変な声が出てしまうのかな……」

「出るだろうな。というより、出していくがな」

そう言い、クラン＝カーティは火照って仕方がないノアの頬にキスをした。

頬へ、目蓋へ点々とキスを落とす一方で、その手は寝間着の前のボタンをすべて外し終え、ズボンにまで手が及んでいる。

「……我慢できるかな」

「する必要などない。お前の嬌声《きょうせい》は私の興奮を煽る。行為において互いが昂《たかぶ》ることに悪いことなどないのだから」

「じゃあ、あなたもさっきみたいな声を出してくれる？」

「それはないな」

くっと、笑って即答された。

気が付けばノアの衣服はすべて奪われ、彼自身もガウンの紐《ひも》を解き前を開いている。

ガウンの中はシンプルな白のシャツに、糊の利いたスラックスを穿《は》いていたが、下半身に目が行ったところでノアはどきりとした。クラン＝カーティの下には一糸纏わぬ自分の性器があり、先程のくちづけでいつの間にか芯を硬くしている。

これからセックスをするのだ……と、シャツを脱ぐ彼の躰を意識した途端に、ノアの性器はまた少し熱を持った。ノアの視線は彼の股間の膨らみに釘《くぎ》付《づ》けで、おそらく平常時よりも大きく張っている。

「随分と気にしているようだな」

視線に気づかれて「うっ」と気恥ずかしさに目を伏せながら視線を逸《そ》らした。

「……だって、……興奮しているあなたを見るのは、はじめてだから……」

「何も知らぬ小鳥とじゃれるようなくちづけを交わしたのだ。初心《うぶ》な反応に興奮しないはずがない」

そう言いながら、クラン＝カーティがノアの顎を取り、正面を向かせた。

それでも恥ずかしさが勝る、彼に視線が合わせられないでいると、どこか乞うように親指に唇を撫でられて、ノアはビクッと肩を震わせて彼を見た。

ガウンとワイシャツを脱ぎ、露わになった肉体はとても美しかった。肢体は無駄なく引き締まり、上質な肌は心なしか輝いて見える。金の産毛だからだろうか。

乳白色の肌が金の光沢を付けているのを見たノアは、魅入られるとはこういうことなのだな、と強く思った。そして一心に見つめる黄金の瞳がまろやかな光を放ちながら、ノアを映している。

この視線に捕らえられたら、逃げられない。

心まで摑まれる感覚に、吐息が歓喜に震えていた。

「淫らな悪魔に誘惑されて、笑いながら地獄に堕ちた気分がする」

「淫魔ごときに例えられるのは不服だが、しかしそれはお前なりの褒め言葉として受け取ろう」

ノアの腕を取り、クラン＝カーティが膨らみへと導いていく。

一体なにをする気だろう。——と、少しの不安とささやかな好奇心にドキドキすると、ノアの手に熱く強張ったそれを下着の上から握らせていった。

「ぁ…」

はじめに感じたのは熔かされるような熱だった。

次に覚えたのは重量感。

大人のそれだ。自分とて成人しているのに、その質量はまるで違い、おもわずごくりと喉を鳴らしてしまうほどだった。

「お前の手で出しなさい」

「っ、ふ…っ」

耳元で囁《ささや》く声が、艶やかに掠《かす》れている。

途端に微弱な快感が背中を撫でて、ノアの吐息がわなないた。

命令されるがまま下着からそれを出す。やはりそれはノアのものとは比べものにならないほど大きくて立派だ。

同じ性器のはずなのに、とても淫らな形に見えるそれはノアの手の中でガチガチに固く張っている。

「は…、……クラン＝カーティ……ど、どうしたらいい……僕は……」

手の中にあるそれを思うと、なぜか躰の芯が激しく疼いて仕方がない。もぞりと腰を動かし、涙目で彼を頼ると慰めるように頬にキスをされた。

「想像しなさい。これからお前はこれで貫かれて、今まで知らなかった快感を得るだろう」

「……、……快感を……、……――ぁっ」

言葉にした途端に下腹がぎゅう、と鋭く疼いた。少し遅れて汗ばむような熱が吹きだしてきて、ノアは呼吸を乱す。

言葉だけで反応してしまったノアを彼は満足そうに見つめ、クラン＝カーティは顎のラインを舐《な》める。その一方でノアの右脚を持ち、膝裏に手を回していった。

そして尚も。

「お前の中は私の形へと変えられて、胎《はら》で果てることを覚えるだろう。繋がり合うことが至上の喜びとなる。私を求めぬ日はないほどに。そうして私たちは深く交わり、契り合うのだ」

「あ…あ……」

想像するだけで、下腹が、そして腰が震えてきた。

彼の性器を握りながら、股を大きく広げて浅ましい姿をしている自分の姿にも興奮してしまう。

「幸せかね、ノア・カーベリー」

「は、はい……、……淫らな呪いにかかったみたいだ……」

「お前が私を淫魔と揶揄したからだろうさ」

「じゃあ、これは、仕返し……？」

高位の悪魔を低位の悪魔に例えたから。震えて掠れた声で尋ねると「いいや」と短い返事が。

「寧ろ、もっと悪魔らしく愉しもうと、その気になった」

「――ぁ、あ！」

間近でノアを見つめる瞳が淫靡《いんび》に濡れると、彼の指先が後孔を一撫でした。

「想像しなさい、ノア。想像して私を期待するといい」

そう言い、小さく閉じたそこを幾度も幾度も撫でていくが、しかしそこは固いままで、到底彼の長大なそれが挿入《はい》るはずがない。

けれど、唇に吐息が触れる距離で「想像しろ」と言われると、手の中でギチギチに張った性器が、ノアの中を掻き回していく妄想をしてしまう。

そんな感覚など一度も味わったことがないし、そもそもセックスの経験が無いノアにとって、彼と交わることさえ想像が難しい。それなのにこじ開けられていく質量を妄想して、ぶるぶるっと内腿《うちもも》が期待に痙攣《けいれん》してしまった。

「ああ、ノア、上手だね。お前は今、私のを期待したのだろう。——ここで」

「ン、ぁっ、…は……あ……」

後孔を軽くノックされて、腰がびくんと一度大きく跳ねた。

たったそれだけのアクションなのに、ノアの性器が先を濡らしはじめた。透明な筋を伝い腹へ落ちていくさまが見え、クラン＝カーティは嬉しそうに亀頭を撫でる。

軽く握り、細い溝と撫で、濡れた小さな孔を指先で掻かれて、ノアは驚いた。

「あっ、やめっ、…そんなとこ……っ——あッ、ひっ…あ！　あ…ッ」

敏感なそこを指が掻くたび、ノアの腰は、びく、びく、と立て続けに跳ね、亀頭の小孔はとろとろと先走りをあふれさせていく。

修業三昧、勉強三昧の日々で自慰は数えるほどしかしたことはないが、これほどまで先走りを垂らしたのははじめてだ。まるでお漏らししているような恥ずかしさのなか、クラン＝カーティの手はオモチャを見付けたようにノアの性器を扱いていく。

「——なるほど。誰かにされた経験もないようだな」

「んぅ、ふ、……んっ、……あっ、ああ……！」

すぐにも駆け上がってくる絶頂の兆しに脅えながら、ノアはこくこくと頷いた。

「結構。素晴らしい。お前から放たれる純真な芳香は、まさに逸品だ。私に愛されるために存在している」

彼の指が窄《すぼ》まりを割り、ノアの中へと挿入ってきた。

「っ、あ…っ！　やっ、ぼ、くの、中に……！」

「ああ、そうだよ、ノア。お前のここをちゃんと拓《ひら》いてあげよう」

ぬう、と音もなく挿入ってくるそれがやけにぬめらかで、彼は何かで手を濡らしたようには見えなかったのにと、驚きと羞恥のなかでノアは不思議に思った。

「なに、容易いことだ。少しばかり魔力を集めれば、この通り」

「え、……あっ、あっ」

ノアの性器を愛撫する手が急に濡れだした。微かに感じるのは、クラン＝カーティの魔力だ。

「な、なんでそんなに便利なの、魔力！」

手を繋いだときに感じたそれが、なんて恥ずかしいところを濡らしているのだろう。真っ赤な顔で急に動きをよくした手を凝視して、声を裏返した。

「お前を悦くするための努力は惜しまんよ。――ほら、すぐにもここが拓かれるだろう」

「〜〜…っ」

指が根元まで付き入れられて、「ここまで来た」と教えるように中で弧を描いた。

快感は無く、ただぼんやりとした質量だけを伝えてきたが、それだけでもノアにとっては十分すぎるほどの衝撃だ。

　すぐさま緊張に四肢が強張ると。

「っ、ひっ……あ、か…！　あぁあ！　あっ、待っ、つ、強く、扱かないで…っ」

　ぱんぱんの張り詰めた性器の幹を激しく擦られ、搾り出されるような強い快感に襲われる。

「ぼく、誰かにしてもらったことないから……っ、……だから、……どうしていいのか、わかんないよ……！　こんなの……っ、ンぁ！　あっあああ……っ！」

　じっとしていられずに、ノアは彼の性器から手を離し、背中を大きく撓《しな》らせた。さきほどまで性器を摑んでいた手は枕を摑み、引き千切りそうなほど力を込める。

　頭上でクラン＝カーティが愉しげにくつくつと喉を鳴らし、仰《の》け反《ぞ》った顎の先を舐めた。

「どうしたらいいかは自分で考えろ、ノア。私が与える快楽をお前は拒絶するか？　それともすべてをその身に受け入れるのか？」

「僕は、……ぜんぶ、一つ残らず、欲しい……！」

　クラン＝カーティが与えるものならば、たとえそれが苦痛だろうと一つ残らず掻き集めたい。

　ノアが切に訴えると、「良い子だ」と左胸にキスをしてくれた。心臓のあるほうを選んだのだろうか。彼のすることには一つ一つ意味があるような気がする。

　こうしてノアに選択させたことも、きっとそうだろう。

「ならば私の手で果てるがいい。はじめて与えられる絶頂がどれほどの喜悦か、全身に刻みなさい。」

すべてが私の愛だ」

そう言うと、彼の指が亀頭の小孔を穿《ほじ》り、強い刺激をノアに教えてきた。

「——ぁ…！　あっ、ぁ、あ！　〜〜〜っ、……や！　やあ！　くる！　きちゃう…ッ」

引き攣った声を上げながらノアの躰はシーツの上で激しく動く。急速に追い立てられていき、絶頂が目の前にやってくるころ、クラン＝カーティの指が中から叩《たた》いてきた。

「な、なに!?　なに、そこ…っ」

いつの間にか二本に増えていた指が、一箇所を執拗に刺激してくる。そこを強く圧されると、性器の根元から強烈な射精感が駆け抜けて、先走りが噴いた。そこを幾度も幾度も愛撫され、時折引っ掻かれるように刺激されながら、一方の手が幹を激しく扱く。

くちゃくちゃ、ぬちゃぬちゃと、小さく立つ滑った水音が鼓膜を犯し、内側から外側から強い刺激が与えられて、ノアは声を引き攣らせた。

「待っ…〜〜、待って、クラン＝カーティ……！　そこっ、そこは、ぁ……〜〜〜——ッ」

びくん！　と、折れんばかりに躰が撓り、彼の手の中でノアは精を飛沫《しぶ》いた。

「〜〜〜〜……っ、かっ……あっ……〜〜〜！」

自分がするのとは比べものにならない強烈な快感が全身を痺れさせる。

経験したことのない強烈な絶頂だった。吐精しても尚、性器の先からはとろとろと汁が垂れ、全身がどっと汗に濡れている。

目の前は相変わらずくらくらしているが、もっと酷くなったようだ。酸欠で苦しいし、全身が小刻みに痙攣していて、まるで自分の躰ではないような感覚だ。

「あ、……あ……なんて、すごい……、……僕……、……」

何かを言おうとしても、呆然《ぼうぜん》として言葉にならなかった。

そんな様子をクラン＝カーティは満足そうに見下ろして、精液に濡れた指を舐めている。

汚いのに。と、一瞬だけ思ったが、彼が望まないことをするとは思えない。それはきっと、ノアに未知の快感を植え付けられたことの報酬か対価なのだろう。

なんだっていい。彼が喜んでいるのなら、ノアも嬉しいのだ。

「快感を享受できたようだな。実に愛くるしい絶頂だったぞ、ノア」

「ん……、……あなたに与えられる快感は強烈すぎて、まるで……自分が自分じゃないみたいだった……こんな衝撃、はじめてで……」

「嬉しいかね」

「ん……、嬉しいよ。だって、あなたも嬉しそうだ。クラン＝カーティ」

「当然だ」

ふふ、とクラン＝カーティは微笑んでみせた。

「先程の様子では、声を出す訓練は不要だな。とても良い声だ。耳に心地良い」

「僕は恥ずかしいだけだけど……」

「それがいいのだよ」

「ふ、んぅ…は、ぁ……」

後孔を拓く指が三本に増やされた。

襞《ひだ》が大きく開かれていくのがわかり、大きな質量に少し怖くなる。

今でさえいっぱいいっぱいなほどの大きさなのに、クラン＝カーティ自身が挿入ったらどうなってしまうのだろう。

怖いけれど、手の平に刻まれた彼の熱を思い出すと、蕩けるような快楽があるような気がして、たまらなく惹かれる。

既にたっぷりとほぐされたノアの中は、すっかりやわらかく濡れていた。そのおかげで三本の指は引っかかることもなく根元まで吸い込まれる。そして中を探るように淫らに動き、ノアでさえ知らない凹凸《おうとつ》を曝《あば》いていく。

「ふぁああ……、……はぅぅぅ……」

中がぐにゅぐにゅと動いている感じがした。それが快感なのかはわからない。

ただ一点を刺激されると、さきほど覚えた根元からの射精感がノアを驚かせる。

「そこ！　なにか、出ちゃいそうになるからっ、ぁああ……、ああ……！」

ここだけははっきりと快感とわかる。ノアがまたシーツの上で身悶《みもだ》えしながら尋ねると、クラン＝カーティは笑みに口角を吊り上げた。

「気に入ったようだな。ここもとろとろと涎を垂らして、嬉しそうにしている」

「ア、ン！　そこだけ、ビリビリするんだッ。あっ、……また、キちゃう！　出ちゃう……！」

「ああ、出すといい。今度はここだけで出しなさい」

「ひ！　ぁああ……――――……！」

強く一点を圧され、引っ掻かれた。

途端にノアの性器は我慢が利かず、再び白い精を飛ばして絶頂を迎える。

呆気《あっけ》なく落ちてしまった様子に再び呆然として、ノアは泥のように重たくなった四肢をシーツに投げ出した。

「な、んで……僕の躰、おかしくなったみたいだ……わけがわからない」

「ふふ……そうかね。それがセックスというものだろう」

「そ、そう……かな……でもまだ、あなたは、全然じゃないか……」

これでは一方的だろうに。

少し不満を覚えてノアはむくれるが、クラン＝カーティは端正な容貌に笑みを浮かべている。

それでも彼の性器はギチギチに張り、天を向いたままだ。いつの間にか先が濡れ、先走りが幹を伝い根元まで水気を帯びていた。

普段冷静な人から想像も付かないほど赤黒くて雄々しいそれが、ノアの目にも今か今かと待ち侘《わ》びているのがわかる。

（僕の中に挿入りたいんだ……）

そう思ったら、ぎゅう、と下腹が疼いた。

「は…、……ぁ……」

愛しい悪魔の性器を見ているだけで、達したばかりの躰が昂る。

もじもじと内腿を動かして、そっと自ら膝裏を持ち上げる。左脚、右脚とゆっくりと股を広げてみせると、クラン＝カーティが黄金の瞳を揺らめかした。

「……もう、十分ほぐれたよ」

確証はないが、そこは三本の指を咥《くわ》え込んでいても痛み一つない。寧ろきゅうきゅうに吸い付いて、もっと欲しいとねだっているような感じがしている。その欲求に素直に従い、彼に淫らな姿を見せてやる。

「実にお前らしい誘い方だ。色気に乏しいが、それが実に初心でいい。蕾《つぼみ》が綻び、怖々と花開いていくさまがわかるよ。一度も開花を知らぬ、若い木だ」

「んっ」

指を引き抜かれた刺激すら気持ちが良くて、腹をへこませながら身を強張らせた。

咥えるものがなくなった途端に、急にそこが寂しくなる。口寂しい感じだ。ノアの視線は目の前にある大きな張りに釘付けで、この寂しい感覚を埋めてほしいと切に願っている。

「いい表情をするようになった。愛くるしい小鳥は、尚もいい声で囀ってくれるだろう」

長く美しい指が性器を数度扱いて、一層濡らしていく。

まるで蜜に塗れたようなさまに喉まで鳴ってしまい、欲望が抑えられない。

クラン＝カーティが腰を上げて、赤く熟れたそこに亀頭をくちづけた。

「ふ…、……」

それだけでまた興奮に身震いしてしまう。甘い吐息が洩れ、期待と不安とで胸がどくどくと煩い。

ノアの後孔は長い時間愛撫されて、すっかり熟しているようだった。彼が軽く腰を落とした途端に、最早正常な思考などなく、視線はそこに釘付けだ。ぱっと大きく花開いて嬉しそうに咥え込んでいく。

「あ、あ、あ、……あ、……クラン＝カーティの、……挿入ってく……」

強くぬめったそこは、おそらく女性のものと同じになっているだろう。指よりも大きな質量が抵抗もなく、しかし圧倒的な質量を教えながらノアの中を開き、深みへと圧していく。

亀頭の一際大きく張ったそこを咥えると、襞が限界まで開くのがわかった。すぐに内側から大きなものの感触がわかり、雁《かり》裏が飲み込まれた途端にきゅっと襞が少しばかり萎んで、幹を咥え込む。

頬張ったみたいだ。と、ノアが思った途端に、腰を引かれて雁裏が襞を内側から圧してきた。

「はあ……んんぅう……んぅう、あっ、あっ、ぁあっ、あぅ！」

「ここは気持ちいいだろう」

吐息混じりで、クラン＝カーティの声が興奮していた。

「きもちいぃ……！　ぁン！」

ぐぷ、と勢いよく雁首が抜けて襞裏を引っ掻いた。

射精感に似た甘くて強烈な刺激がノアを驚かせる。理解するよりも先に再び亀頭は襞を割り、中に挿入ってしまった。そうして二度、三度と繰り返し抜き差しされるたび、ノアは驚きとともに性器の先から先走りを飛ばす。

「は、はぁ……、……すごく熱い……そこが熔けそうだ……」

「ああ、よく潤んでいてとても気持ちがいい。そうしてお前のここは私を奥へと誘ってくる」

「ん、……ん……挿れて……クラン＝カーティ」

大きく張った亀頭が襞をこじ開けていき、あの敏感な箇所を潰していく。

「ンンン〜〜〜……ッ」

それだけで背筋がぞくぞくと痺れて、ノアの性器が少量の飛沫《しぶき》を放った。

躰が強張ると、彼の性器の形がはっきりとわかる。同時に彼自身の性器を締め付けてしまい、クラン＝カーティが頭上で小さく呻いたが、それすら彼にとっては快感のようだ。

口元に餓えた笑みを描き、腰が尚も落ちていくと、腹の中は彼でいっぱいだ。

「ぁ…、……は……、……ぉっきい……、……僕の中で、……いっぱい……」

指では届かない最奥が、彼の亀頭によって拓かれていくのがわかる。

隙間なく密着しながら、ノアの躰はクラン＝カーティの形に変えられている。そんな不思議な心地のなか、強い感動を覚えたノアは多幸感に満たされていた。

こんなに深くで繋がることがあると、今日までノアは知らなかった。

初めて知った相手が、長い間想ってきたクラン＝カーティであったことが、たまらなく嬉しい。この幸せを彼も感じていることだろう。

「甘い表情だ。愛らしい主人は、その笑みで私を恍惚《こうこつ》とさせてくれる」

そう言うと、緩やかなピストンがはじまり、それは次第に大きくなっていく。

「あっ、あっ、あっ」

律動に合わせて、ノアの躰が上下に動いた。クラン＝カーティが逃げるノアの腰を捕まえると、突き上げるたび強さが増していく。

「…っ、ぅんぅう！　ふっ、ぅう……！　あ！　あぅう！　あっ、つ、強い…！　強い！」

奥を突かれるたび、内臓が押し潰されそう。

目の前で火花が散ったような衝撃と、息が詰まるような刺激が同時にくる。

二度も強い絶頂を教えられ、これ以上の刺激はないだろうと思っていたが、クラン＝カーティの責めは力強くて、中が燃えてしまうかのようだ。

どろどろに掻き回されて、火傷《やけど》するほどに肉を擦られ、隘路《あいろ》を拡げられ、そうして最奥をごつごつと突き上げられ、一気に根元まで引き抜かれる。

また雁裏が襞を圧し上げてきて、ぞくぞく…っ、と鳥肌が立った。その快感を昇華しきれないまま敏感なそこを擦られ、奥が叩かれる。

ノアは忘我のなか、全身を駆け巡る快感に飲み込まれ、そして湧き上がってくる絶頂の兆しにおののいた。

「はっ、ク…クラ、……ぃく！　いく！　イク……！　い……いっちゃう……！」

「ああ、イけ…っ、――私もお前の中で……ッ」

クラン＝カーティの切羽詰まった声が快感を教えてくれていた。

感じているのは自分だけではないと知ると、喜びを絶頂が飲み込んでいく。息が詰まるほどの強烈な絶頂がきた。

「いく…ッ、あッ、……！　クラン＝カーティ……――……！」

「ノア…ッ、……ぁあ、く――……ッ」

クラン＝カーティが声を詰まらせ、背中を丸めながら四肢を強張らせる。少し遅れて、ノアの中に熱いものが広がると。ゆっくりと熔けていった。

「あ……、あ……、……すごい……すごい……僕の中に熔けていく……あなたのが、……ぁあ」

ぱっと広がったような衝撃にも驚いたが、それはノアの中で逃げ場を失い広がっていったのだろう。しかしまるで魔力が内側から熔けていったような心地がして、あまりの気持ちよさに四肢が蕩けた。

「すごい……きもちぃ……、……」

酩酊《めいてい》したような余韻が全身を脱力させて、とにかく気持ちがいいとしか言えない。

ノアがうっとりしながら言うと、クラン＝カーティも嬉しそうにした。

「お前の中は瑞々《みずみず》しい果実のようだ。若々しく、甘いここが私を熔かす。なんと心地のいい具合だろう……ノア、私の愛くるしい主人。さあ、私の蜜の味を覚えるといい」

「うん……僕の躰はあなたに変えられていくんだ、クラン＝カーティ」

「ああ」と、クラン＝カーティは穏やかに頷くと、身を倒してくちづけをしてきた。

ノアも彼の肩に腕を回して、その唇を受け入れる。今度は自ら舌を出して彼のそれと絡み、熱い吐息と唾液に酔う。

唇が離れると、ほう、と気怠く重たい吐息が洩れた。

繋がり合ったままの体勢で見つめ合うこの時間が、途方もなく幸福に思える。

さきほどまでは、彼の視線にドキドキして気恥ずかしさを覚えていたというのに、心の距離が一層近くなったからだろうか。今はとても幸せだ。

ふと、ノアは小さく噴き出した。

「どうした」

「僕、もしかしてあなたは獅子の姿でするのかなって思ってた」

「ほう、そちらがお好みかね」

「そういうわけじゃ。――ぁっ」

ノアの中から太い楔《くさび》が引き抜かれると、頭上でクラン＝カーティが人の姿から獅子へと変化してい

く。淡い光がすぐにも消えると、大きな舌がノアの首筋をべろんと舐めてきた。

「ひあっ、ざらっとした！」

さすが猫科だ。いかに悪魔だろうとそこは変わらないのだと知った。

クラン＝カーティは、感触に驚くノアの首や胸を獅子の舌で立て続けに舐めていき、くすぐったさに身悶えた。

「もう、駄目だって。くすぐったいからっ」

笑いながらノアは彼の下でうつ伏せになり、涙目で訴えた。

〈そうかね？　私はとてもいい。やわらかな肉体が舌に馴染む〉

大きな鼻が肩甲骨の辺りを撫でて、すんすんと香りを嗅いできた。濡れた鼻がひやりとして、肩がひくんと小さく跳ねる。今度は舌が背骨をなぞるように舐めてきた。

「あっ、ぁ、あ！」

ぞわぞわ…と、悪寒に似た快感が走り、ノアは腰を浮かせる。すると、鼻先が尾てい骨に触れて、双丘の狭間《はざま》を舐められた。

「そ、そんなところ…っ、舐めるの……!?」

〈もっと腰を浮かせて、自分で開いてみせなさい〉

「……っ」

なんて恥ずかしい命令だろうか。でもそれが少し収まっていた官能の火を強くさせて、主人であるノアを誘惑する。こくりと唾を飲み、言われたとおりに自ら腰を上げ、両手で尻を開いた。

「……見てるの……？」

問いかける吐息が浅くなっていた。股の間でノアの性器が緩く熱を覚えて、根元をジンジンさせている。

〈ああ、見ている。私を咥え込んだばかりのここは、赤く熟れて蜜を垂らしているぞ〉

「はぅ、んんぅうッ」

いきなり後孔を舐められて、ノアは背中を撓らせた。

指とは違い、獅子の舌はざらついていて少し痛かった。大きな口が尻を噛んでしまうのではないかという恐ろしさも覚える。

〈私の味が邪魔だな。だが、お前のここはやわらかくて美味い。舌に良く吸い付いてくるぞ〉

「あ、ぁ、あ……んっ、ぅう」

鼻先が穴を撫で、舌が挿入ってきた。ざらざらとした肉厚なそれがねじ込まれて、中でうねうねと動く。

「あ！　んぅう！」

抜かれると、襞が擦れて熱くなった。たまらず力を入れてしまい、彼の舌をぎゅうと締め付けてしまう。そんなか尚も引き抜かれると、刺激は一層強くなってノアを驚かせた。

「舌がざらざらして、僕のお尻……ジンジンしてる……！」

肉を刮《こそ》げ落とされているのではないかと怖くてたまらないのに、恥ずかしいそこを舐められて、激しく興奮している。

〈この姿でもお前は十分悦《よろこ》んでくれるようだな〉

嬉しそうに零した吐息が、ノアの太腿を撫でてきた。

いつの間にかそこは先走りに濡れ、シーツまで湿らせるほど垂れている。

後孔を舐めていた舌がふいに離れると、獅子の右の前脚がノアの肩の上に置かれた。

左の前脚は背中に触れて重心がかかり、獣の重みとともに、金色の鬣が背中を撫でた。ささやかな刺激にすら甘く掠れた声がノアの口から洩れると、頭上からぐるぐると低く喉が鳴った。

〈噛み千切りたくなるほど、お前の精と血は甘い香りがする……この姿では特にそう感じるのだろう。我が主人は随分煽るのが得意なようだ〉

うなじを舐められて、本当に噛まれてしまうような気がした。

〈たまらぬ……この肌の甘み……。ここの具合も……〉

「…っ、……ぁ……〜〜……っ」

再び後孔を割って、クラン＝カーティの性器が挿入ってくる。

「あっ、形が……、……さっきと、違う……？　そ、そんな……っ、ぁあ……〜〜！」

獅子のそれだと気付いて、ノアは驚いた。そして獣に犯されたのだと知り、この上ない禁忌を覚えた躰はそれだけで達してしまった。絶頂の勢いで性器を締め付けると、肉路を押しのけるように最奥へと突き進んでいく。

それは先細っているが、人の姿のものとは違い、心なしか硬さを感じる。肉の強張りではなく、骨張ったような感触だ。

ぐっ、と腰を突き上げられて、ノアは嬌声を上げながら背中を仰け反らせた。

人のそれより幾分長いのか、先程よりも深いところを突かれていた。最奥に当たって、強い圧迫を感じる。あと少し先まで腰を突かれたら奥が破かれるという不安のなか、背後でクラン＝カーティが低く唸った。

〈なんと心地の良い……このまま思うさまに掻き回してやりたいが、それでは苦しませることになる……実に口惜しい〉

低い声のあとで淡い光が視界の隅に見えると、ノアを犯す楔が形を変えていく。

「待っ……〜〜〜ふぁああ……！　あ！　おっきぃ…っ、なかが…っ、おっきぃい……！」

ノアの中で獅子の性器から人のものへと変化していくと、太く張った幹が肉路を内側からぎゅうぎゅうと圧し上げてきて、その圧倒的な大きさに声を出さずにはいられない。真正直な反応に機嫌を良くしたのか、すぐにも腰が動きだす。

「あっ、あっ、あ！　あ！　ぉ、く……！　おく、当たってる…ッ……！」

「ああ、当たっているな。この姿のほうが隙間なく密着する。気持ちいいだろう、ノア」

「ぅ、ん……！　うん！　うん……！　きもち、ぃい……！　きもちいい……！」

クラン＝カーティによってどんどんノアは淫らになっていくような気がした。そんな姿をも、彼は深く愛してくれることも確信している。だからだろう、彼の望むように、そしてノア自身が欲しいと思うままに腰を揺すり、快感を貪っていく。

二人の間でノアの性器がだらだらと汁を垂らしながら踊っていた。時折亀頭の先がシーツに擦れて、それさえ快感になる。

「あ！　あンッ。んんん……〜〜……――――！」

ふいに両方の乳首を抓まれて、鋭い痛みと快感にノアは幾度目かの絶頂を迎え、シーツの上に吐精した。触れてもいない性器がヒクヒクと痙攣しながら、だらだらと精液を垂らす。

「上手にできたな。お前の躰はどんどん甘くなってく」

声を掠れさせながら、クラン＝カーティの腰づかいが一層激しくなっていく。

「あっ、あ！　ぃ、イッたばかりだからっ、……だめ！　またっ、僕！　僕ぅう……――――！」

達したばかりで敏感なところを責められて、立て続けに達したノアの中でクラン＝カーティが遅れて精を飛沫いた。

「ぐう……――――……！」

苦悶のような声を洩らしながら強く腰を突き上げて、ノアの深いところを濡らしていく。

「は…あ……あ……あ……」

中に出される刺激にさえノアは歓喜して、股の間からだらだらと精を垂らした。

それからすぐに引き抜かれると、楔を無くしたノアの躰はシーツの上にぐったりと倒れ込んだ。

頭の天辺から足の先まで脱力している。指の先は酸欠に痺れて、もう動けない。

しかしクラン＝カーティは仰向けにして、ノアの腕を引っ張った。半身を起こされて腰を持たれると、今度は彼の上に跨がるような体勢にされて、ノアはしがみつくように肩へ腕を回し、彼の肩へくったりと頭を預けた。

「初めてのことに疲れたようだな」

「ん……、セックスってすごいね。気持ちいいが幸せだったり、怖くなったりする。そのあと、どっと疲れがやってくるんだ。でも……すごく幸せな気分だ」

「私もだ」

「……まだ続けるの？」

「お前はどう願う」

ノアの横髪に頬擦りをしながら、クラン＝カーティが問う。その手は腰へと回され、背中を優しく撫でてくれた。

「……僕はまだしたい。僕の中にあなたのが挿入ると、この上なく満ち足りた気持ちになるんだ。揺すられると途方もなく気持ちが良くて怖いけど、あなたと繋がっていると思うと、蕩けてしまいそうになるんだ。すごく、いい」

「とても良い答えだ。ノア。私もお前を深く感じている。お前の強い締め付けに、どれほど熔かされるか」

「うん……しよ、クラン＝カーティ」

ノアは頭を起こし、愛しい悪魔の唇にそっとキスを落とした。

くちづけをしながら金糸の美しい髪を撫で、首筋を撫でると、彼が指を絡めてきた。

二人は自然と手を繋ぎ合う。

——すると。

「え……!?」

重ね合った手の内側から強烈な引力を感じ、ノアは目を丸くした。

「ん……？　これは……!?」

クラン＝カーティも気付いたのだろう。咄嗟に腕を引いたはずの二人の手は、密着して離れない。

「なっ、なに、これ……！」

濃厚な甘い空気はどこへやら、謎の現象に驚く一人と一悪魔は愕然《がくぜん》としながらも、繋がり合った手の中に——いや、手の中にある僅かな隙間に一気に飲み込まれていった。


ど……ッ、と鈍い音とともに、ノアは腰をしたたかに打ち付けた。

「だあ……！」

潰れたような悲鳴を上げて腰を撫でたノアの鼻腔《びこう》に埃臭さを感じる。

「え…？　えっ、ここって、森の館じゃないか！」

見覚えのある古びた床にテーブル。腰をさすりながら起き上がると、儀式のために広げた魔道書がうっすらと埃を被っていた。

「なるほど。術の途中だったようだな」

何食わぬ顔をして、クラン＝カーティが懐かしそうに部屋を見回していた。

その姿はいつの間にかガウンとシャツ、スラックス姿にスリッパを履いている。魔力でいくらでも変化できるということなのか。一方のノアときたら素っ裸で、慌てて衣服の詰め込まれた箱を探し出して、適当に身に纏った。

「術の途中って……どういうこと？」

シャツとスラックスを穿いたはいいが、下着が見つからなかった。行為の途中だったから、少し心許ないうえにノアの中はぬめったままだ。急に飛ばされると知っていたら、湯で清めたかった。

しかし術の途中という話も気になる。

着替え終えると、クラン＝カーティは魔道書をぱらぱらと捲っていた。

「おそらく、魔力の足りなかったお前と私の元にあったペンダントが引き寄せ合い、お前が負けたのだ。そうして自力で私と契約することで、召喚術が成立したのだろう」

「でもあなたが僕を主人にしたとき、何も起きなかったよ？」

「契約後に手を握り合ったことで、一度は停滞した術が起動したのだろう。強引だが、それが戻れた理由ではないだろうか」

「なるほど……うーん」

ノアは呟いて、すぐに腕を組みながら唸った。

「まったく原理が強引だ！　でも戻れたから結果良しってことで今回は問題無しだね！　この件は僕の研究テーマにしよう。魔界のことといい、この件といい魔道書の白紙ページが一気に減るぞ」

くくく！　と喜ぶノアを横目に見て、クラン＝カーティが魔道書を閉じた。

「さて話は終わりだ、ノア・カーベリー」

そう言うと、ノアはクラン＝カーティに突然横抱きされてしまった。

「え？　え!?　えええっ、なに!?　なにをするの！」

無事西の森の館へ戻ってこられたというのに、喜ぶ間もなくクラン＝カーティがノアを抱き上げたまま二階の階段を上っていく。一体何事かと目を白黒させるなか、ベッドに下ろされた。

「む。埃臭いな」

「当たり前だよ。魔界に十日いたんだ。人間界では一体どれくらいの期間不在だったかわからないけど、とりあえず数日ってわけではないと思う。埃だって溜まってる」

「仕方ない」

クラン＝カーティがぼやくなり、突然寝室の窓が開かれた。下の階も次々と窓が開かれ、家の中で突風が起きた。

「わっ……あっ、え!?」

一気に埃が窓の外へ流れ、再び閉じると、部屋の中の空気が清浄になったのがわかった。

「さあ、これでひとまずはいいだろう。続きをするぞ」

「え？　続きって、続き？　セックスの!?」

「当然だ。愛くるしい声でお前が求めてきたのだからな」

「〜〜〜〜っ」

確かにそうなのだが。

無事人間界へ還ってきたところで、することは魔界とかわらない。

まあ、いいか。と、ノアもすぐに切り替えて、愛しい悪魔を抱き締めていた。

＊

魔界から無事戻ってくることができたわけだが、そのとき人間界では既に三週間が経っていたようだ。

慌てて国王への報告書を拵《こしら》えたノアは、晴れて正式に西の森の守護魔法使いとなった。

　魔界での出来事をきっかけに膨大な魔力を取り戻すことにも成功し、その勢いで森に強固な結界を張ることができた。結界によって魔物がどこで出現したかも精細に知ることが叶い、旅人たちにも感謝され、仕事の遅れを取り戻すような日々の働きぶりである。


　昼の少し前、籠いっぱいに薬草を摘んできたノアが館へ戻ると、リビングのソファにはゆったりと寛《くつろ》ぐ使い魔の姿があった。

「あれ？　いい香りがすると思って早く帰ってきたのに、昼食の準備は？　それとももうできあがっているの？」

　籠を床に置き、首を傾げるノアに、クラン＝カーティは読みかけの本を膝に置いてぎろりと睨む。

　金の目のその鋭さに圧倒されたが、ノアは主人なのだ。ぐっと腹に力を入れて耐えると、彼は本を閉じた。よく見ればあの魔道書だ。カーベリー家が代々伝える秘術の本をいたく気に入ってしまったらしく、一族にしか解読不可能な文字も早々に解読していた。

「私に昼食の準備を命令するのはお前だけだ、ノア・カーベリー」

「仕方ないだろう。僕が作ると、全部炭になっちゃうんだ。そう怖い顔して言うけど、いい香りがするんだから作ってくれたんだろう？　ありがとう、クラン＝カーティ」

「私ではない。ゴートに任せた」

「え？　ゴートが来ているの？　でも僕の使い魔でもないのに、どうやって……？」

悪魔は喚ばれなければ人間界へ来られない。ヒビで飛ばされたのなら話は違うが、それでは正気を失ってしまうことになる。

「ゴートは私の使い魔にした」

「左様で」

クラン＝カーティの言葉のあとで背後から声がして、ヤギ耳の執事が現れた。

「私の最愛の主人が、その未熟な主人の命によって不本意にも昼食の準備を作らねばならなくなったとのこと。しかしそのような命令は容認できません。よって私、クラン＝カーティ様の執事であり、使い魔のゴートが精一杯務めさせていただきました」

使い魔のところを強調して言うあたり、相当嬉しいに違いない。相変わらずの執事だ。

「なんだかややこしくなってきたな。まあいいや、お昼にしよう。お昼が終わったら、僕と薪《まき》拾いに行くよ。ゴートもね」

「薪拾いだと!?」

「なぜ、私まで！」

「森の冬なんてあっという間に来てしまうんだよ。暖かなうちから準備をしないとね。人手が増えて良かった～！　僕だけじゃあなかなか運ぶのが大変だから」

喜ぶノアの隣でゴートが心底嫌そうに眉間に皺を寄せている。

「クラン＝カーティ様、私は任務を終えましたので魔界へ戻ります」

「待て、ゴート。これは命令だ」

「拒否します。あなたは愛おしい主人と素晴らしい時を楽しんでください。ベッドも整えておきましたので」

　一礼した途端にゴートの姿が消えてしまった。

「あっ、逃げられた。ゴートめ！」

　折角今日はたくさん薪が拾えると喜んでいたのに、ノアはむくれる。

「クラン＝カーティ、お願いだからね」

「この私が、薪拾いなどと……」

　この世の絶望を味わったような暗い表情で、肩を落としている。

「もう。薪拾いも森での暮らしには大事なの。ご主人様の命令だよ」

「命令ねぇ……」

　金の瞳がじろりとノアを睨め付ける。その物言いたげな視線にすぐピンときて、ノアは頬を赤らめた。

「手伝ってくれたら、……今夜は、してもいいよ」

　もじもじとしながら小さな声のお誘いに、「ほう」とクラン＝カーティが目を輝かせた。

　そうしてソファに座ったまま両手を広げて、ノアをその腕に招く。誘われるまま彼の膝に跨がり、太腿に腰を下ろすと腕が腰に回ってきた。

「とても愛くるしい誘い文句だ」

「まだ慣れないから、今のが精一杯だよ。……それに、このところいろいろ忙しかったし、全然できなかったもの……」

「ああ。正式な森の守護者になったのだろう。当然のことだ」

「ありがとう。両親からも祝いの手紙が届いたよ。それに、良い報告ももらった。来年の春に年の離れた弟妹ができるかもだって。楽しみだな」

ふふっとノアは笑った。

「そうかね。では跡継ぎの心配はなさそうだな。これで存分にお前を愛でることができる」

そう言われると、クラン＝カーティの一途な想いがこそばゆい。一方で今の言葉に引っかかった。

「まさかこれって、クラン＝カーティの仕業じゃないよね？　僕が一人っ子だからって、いろいろ画策したわけじゃないよね!?」

「どうかね。さあ、昼食にしよう」

その言い方ときたら、実に白々しい。

「独占欲強すぎ！」

「嫌かね？」

「嫌じゃないけど！」

軽々と抱き上げられて、このままではキッチンではなく、ベッドへ行きそうな勢いだ。

「まったく！　僕の使い魔ときたら！」

らしくないほど足取りの軽い悪魔は、今にもダンスを踊りそうなほどだ。よっぽど嬉しいのだとわかり、ノアは彼にしがみつきながら笑い声を上げるのだった。

あとがき

こんにちは、はじめまして。鏡《かがみ》コノエです。

「落ちこぼれ魔法使いは魔界の獅子に撫でられたい」です。

リンクスロマンス様より六冊目の本を出させて頂きました。お手に取ってくださり、ありがとうございます。感謝感謝です。

雰囲気たっぷりの素敵なイラストを手がけて下さった、乃一《のいち》ミクロ先生ありがとうございます！

クラン＝カーティがクールかつ麗しさまで兼ね備えて最高すぎました！　ノアくんも可愛くて、担当さんから連絡があるたび感激の声を上げておりました。

今作から担当が代わり、Ｋさんになりました。

初めての共同作業、大切な時期とわかりつつも引っ越しが重なり、たくさん気を遣わせてしまい申し訳なく思っています。それでも毎回丁寧に対応していただきありがとうございました。

あとがき

　そういうわけで、あとがきを書いている現在、引っ越し作業をしています。

　今の部屋は景色も良く、花火が見え、気持ちのいい風が吹いていました。

　あと四、五年はいたかったのですが、騒音問題でギブアップ。二年近く物件を探して、漸く居を移すことになりました。

　引っ越しはこれまで八回経験して、今回で九回目。そろそろ定住したいと願いつつ、初のＤＩＹ可物件。私が壁紙を貼ります！　ドキドキしています。

　案の定、準備に手こずっていますが、この本が発売されている頃には落ち着いていてほしいです。

　どうか綺麗に壁紙が貼れていますように！　つつがなく引っ越しできますように！


　感想やお手紙、レビューやＳＮＳ投稿、いつもありがとうございます。

　拝見してはニコニコしつつ、コメントをお返ししたりいいねしたりしています。本当にいつも励みになっています。またぜひ感想を聞かせてくださいましね。

　それではまた、どこかでお逢いできることを願っています。

二〇二三年六月　鏡コノエ

LYNX ROMANCE

小説原稿募集

リンクスロマンスではオリジナル作品の原稿を随時募集いたします。

募集作品

リンクスロマンスの読者を対象にした商業誌未発表のオリジナル作品。
（商業誌未発表のオリジナル作品であれば、同人誌・サイト発表作も受付可）

募集要項

＜応募資格＞

年齢・性別・プロ・アマ問いません。

＜原稿枚数＞

４５文字×１７行（１枚）の縦書き原稿、２００枚以上２４０枚以内。
※印刷形式は自由。ただしＡ４用紙を使用のこと。
※手書き、感熱紙不可。
※原稿には必ずノンブル（通し番号）を入れてください。

＜応募上の注意＞

◆原稿の１枚目には、作品のタイトル、ペンネーム、住所、氏名、年齢、電話番号、メールアドレス、投稿（掲載）歴を添付してください。
◆２枚目には、作品のあらすじ（４００字～８００字程度）を添付してください。
◆未完の作品（続きものなど）、他誌との二重投稿作品は受付不可です。
◆原稿は返却いたしませんので、必要な方はコピー等の控えをお取りください。
◆１作品につき、ひとつの封筒でご応募ください。

＜採用のお知らせ＞

◆採用の場合のみ、原稿到着後６カ月以内に編集部よりご連絡いたします。
◆優れた作品は、リンクスロマンスより発行させていただきます。
原稿料は、当社既定の印税でのお支払いになります。
◆選考に関するお電話やメールでのお問い合わせはご遠慮ください。

宛先

〒151-0051
東京都渋谷区千駄ヶ谷４−９−７
株式会社　幻冬舎コミックス
「リンクスロマンス　小説原稿募集」係

LYNX ROMANCE イラストレーター募集

リンクスロマンスでは、イラストレーターを随時募集いたします。

リンクスロマンスから任意の作品を選び、作品に合わせた
模写ではないオリジナルのイラスト（下記各1点以上）を描いてご応募ください。
モノクロイラストは、新書の挿絵箇所以外でも構いませんので、
好きなシーンを選んで描いてください。

1 表紙用カラーイラスト

2 モノクロイラスト（人物全身・背景の入ったもの）

3 モノクロイラスト（人物アップ）

4 モノクロイラスト（キス・Hシーン）

募集要項

＜応募資格＞

年齢・性別・プロ・アマ問いません。

＜原稿のサイズおよび形式＞

◆Ａ４またはＢ４サイズの市販の原稿用紙を使用してください。
◆データ原稿の場合は、Photoshop（Ver.5.0 以降）形式でＣＤ－Ｒに保存し、出力見本をつけてご応募ください。

＜応募上の注意＞

◆応募イラストの元としたリンクスロマンスのタイトル、あなたの住所、氏名、ペンネーム、年齢、電話番号、メールアドレス、投稿歴、受賞歴を記載した紙を添付してください（書式自由）。
◆作品返却を希望する場合は、応募封筒の表に「返却希望」と明記し、返却希望先の住所・氏名を記入して返送分の切手を貼った返信用封筒を同封してください。

＜採用のお知らせ＞

◆採用の場合のみ、６カ月以内に編集部よりご連絡いたします。
◆選考に関するお電話やメールでのお問い合わせはご遠慮ください。

宛先

〒151-0051 東京都渋谷区千駄ヶ谷４−９−７
株式会社　幻冬舎コミックス
「リンクスロマンス　イラストレーター募集」係

この本を読んでの
ご意見・ご感想を
お寄せ下さい。

〒151-0051
東京都渋谷区千駄ヶ谷4-9-7
(株)幻冬舎コミックス　リンクス編集部
「鏡《かがみ》コノエ先生」係／「乃《の》一《いち》ミクロ先生」係

リンクス ロマンス

落ちこぼれ魔法使いは魔界の獅子に撫でられたい

2023年7月31日　第1刷発行

著者……………鏡《かがみ》コノエ
発行人…………石原正康
発行元…………株式会社　幻冬舎コミックス
〒151-0051　東京都渋谷区千駄ヶ谷4-9-7
TEL 03-5411-6431（編集）
発売元…………株式会社　幻冬舎
〒151-0051　東京都渋谷区千駄ヶ谷4-9-7
TEL 03-5411-6222（営業）
振替00120-8-767643
印刷・製本所…株式会社　光邦
検印廃止

ISBN978-4-344-85255-6 C0293
Printed in Japan

幻冬舎コミックスホームページ　https://www.gentosha-comics.net